AF282491

FSC
www.fsc.org

MIX

Papier aus ver-
antwortungsvollen
Quellen
Paper from
responsible sources

FSC® C105338

Eine Liebe

von

Don Juan

Roman

Angelika Seitz

Bibliografische Information der Deutschen National-bibliothek

Die Deutsche Nationalbibliothek verzeichnet diese Publikation in der Deutschen Nationalbibliografie; detaillierte bibliografische Daten sind im Internet über dnb.dnb.de abrufbar.

© 2024 Angelika Seitz

Titelbild: Angelika Seitz

Layout: DTP-Studio Kamm GmbH, Regensburg

Verlag: BoD · Books on Demand GmbH,
In de Tarpen 42, 22848 Norderstedt

Druck: Libri Plureos GmbH, Friedensallee 273,
22763 Hamburg

ISBN: 978-3-7597-9455-0

Die Handlung dieses Romans, sowie die darin vorkommenden Personen sind frei erfunden; eventuelle Ähnlichkeiten mit realen Begebenheiten und tatsächlich lebenden oder bereits verstorbenen Personen wären rein zufällig.

Wie gern, Geliebte, ich dich schau
Und deinen schönen Leib,
Den Spiegelglanz auf deiner Haut,
Aufschimmernd wie von Seid'!

Dein tiefes Haargelock durchstreifend
Mit seinem herbem Ruch,
Ein duftend Meer und weithin schweifend
Mit blau und brauner Flut,

*(aus der berühmtesten Gedichtsammlung, 1821 – 1867,
der literarischen Moderne, ‚Die Blumen des Bösen‘ –
‚Die tanzende Schlange‘ von Charles Baudelaire …)*

Ach … Rosen …

schlanke liebliche

Gestalten

von edlem Wuchs

an einem Strang

von Göttern in der

Hand gehalten

wie zum Gebet

den Sommer lang

anno 2002

KAPITELEINTEILUNG

Mille baci dal cielo ...

Das Bett war noch warm.

Man spürte die Hitze des aufsteigenden Tages.

Ein profunder Strahl von Sonne drang durch das Fenster.

Sofort nach dem Erwachen waren gedanklich innere Bilder in Sila erschienen: Ceriso bei der Toilette ... die Art, wie er sich frisierte, das Haar zum Abschluss mit etwas Gel mit den Fingern aus der Stirn und seitlich etwas zurückkämmte ... Ceriso, sitzend auf einem Stuhl, an einer Zigarette ziehend, nachdenklich, aus dem Fenster blickend ... oder draußen – frei balancierend auf einem Fahrrad.

Sie wollte sich gleich zurechtmachen. Das Frühstück hatte Zeit. Man könnte es mit ihm gemeinsam in der Stadt einnehmen.

Ob er Lust dazu verspürte? Sie würde es probieren.

Sie wusch sich schnell und gründlich und griff nach dem Hörer.

Er meldete sich nicht gleich.

Das machte sie nervös.

Schlief er noch?

Da erklang auf einmal seine Stimme. Deren Italienisch war köstlich mit einem unnachahmlichen Akzent.

Sie versuchte in der gleichen Sprache zu antworten – mit Sätzen aus seiner Sprache, die sie sich in der Zwischenzeit angeeignet hatte:

„Adesso fa bel tempo. Vogliamo bere qualcosa?"

„Was bist du süß, Baby!", sagte die Stimme am anderen Ende des Apparates.

„Natürlich werden wir zusammen Kaffee trinken gehen. Was könnte ich mir denn lieber vorstellen? Vielleicht noch als Dessert ... Aber das können wir ja dann anschließend bei

mir zu Hause regeln!
Oh amore mio!"
Das klang schwärmerisch und gefiel ihr. Sie gab ihm dafür einen Kuss, das heißt: die Andeutung eines Kusses am Telefon.
Man einigte sich auf einen gewissen Ort und einen Zeitpunkt.

Was sollte sie anziehen?
Das Kleid mit dem tiefen Rückenausschnitt vielleicht – in der Farbe Schwarz gehalten –, das einfach war und schlicht und ihre Figur so vorzüglich betonte?
Sie wählte dieses ohne weitere Überlegung, dekorierte sich noch mit einem feinen Lederbändchen um den Arm und einer kleinen Tasche mit einem zierlichen Goldkettchen.

Als sie auf die Straße trat, war der Tag erwacht und mit ihm die Geräuschkulisse jenseits der Traumwelt. Ihr Geliebter wartete bereits an jener bestimmten Stelle, zu der sie sich zu einem Treffen verabredet hatten. Da war ein Zeitungskiosk hinter ihm, der aber zu diesem Zeitpunkt des Morgens noch kaum frequentiert war – noch ruhig wirkte und unbelebt. Ceriso stand etwas abseits davon in einer tunnelartigen Ecke, die überdacht war.

Auf der anderen Seite dieser kleinen Unterführung mitten im Zentrum der Stadt befanden sich ein paar öffentliche Toiletten sowie an ihrem Innenteil, an der Wand, ein paar wenige Telefone. In Silas Gehirn lief reflexartig ein kleiner Film ab, als sie Ceriso in der Ferne erblickte. Dieser gedankliche Einfall konstruierte den anfänglichen Ablauf ihrer heutigen Begegnung, zumindest, was ein paar Straßenzüge anbelangte.
So würden sie und er vorbeigehen an der Alten Wacht – wohl die Wahlenwacht –, ein Überbleibsel des Mittelalters, aus einem Zeitrahmen, in dem die militärisch eingesetzte Bür-

gerschaft ihre Stadt Regensburg in einzelne Gebiete gegliedert hatte – sogenannte Wachten. Und sie und Ceriso würden, wie so oft schon, das imposante gewaltige Restbauwerk das jetzt ein Kaufhaus zierte, beäugen und bewundern, um dann die Residenzstraße entlangzulaufen, Richtung Krauterermarkt, dem Hause Heuport zu, unter dessen herrschaftlichem Antlitz, auf den aufgestellten Stühlen darunter, sich zu dieser frühen Morgenstunde nur wenige Menschen versammelt hätten, um ihr Frühstück in Verbund mit Freunden einzunehmen, zu lachen und zu plaudern.

Es war ein trockener Sommer gewesen. Feiner Staub lag noch auf den Gehsteigen, auf die die Sonne während der Morgenstunden bereits unbarmherzig herniedergebrannt hatte. Selbst der frühmorgendliche Aufräumdienst hatte diesen nicht zu beseitigen vermocht.
Sodass … Silas Kehle war ein bisschen ausgebrannt, als sie ihrem Geliebten endlich gegenüberstand. Eine Befindlichkeit, die jedoch sogleich von einem genussfeuchten Kuss abgelöst und gerettet wurde … sodass das Mädchen sich sozusagen in einem äußerst vollmundigem Zustand wiederfand, der in einer Mischung aus Wollust und Begierde seinesgleichen suchte. Ja, sie hätte sich vorstellen können, dass man auf dieses frühzeitliche Beieinandersitzen in einem Café verzichtet hätte, gemeinsam in einen Bus gestiegen wäre, um auf der Stelle zu Cerisos Wohnung zu fahren.
Ihm war es wohl ebenso ergangen.
Das sah sie an seinem Blick.
Allen Wünschen zum Trotz, und da auch die Süße des Verzichts das anschließende Zusammensein noch eindrucksvoller gestalten kann, schlenderten sie letztendlich gemeinsam Hand in Hand – diesmal in der Realität – all die beschriebenen Winkelzüge der schönen ehemaligen Reichsstadt entlang … ihrem Zielpunkt zu, einem kleinen, aber feinem ita-

lienischen Stammrestaurant, nicht ohne vorher kurz bei dem achteckigen Brunnen des Kunstschlossers Jakob Kaiser angehalten zu haben, um den dort eingelegten goldenen Ring zu bestaunen, was Ceriso dazu veranlasste, Sila an sich zu ziehen und ihr tief in die Augen zu blicken, um auszurufen: „Ist dies der Ring unseres Glücks?"

Hinter dem trutzigen altehrwürdigen Gebäude des Bischofshof, weiter unten auf der linken Seite der Donau zu, erkannte man die groben Steine der Porta Prätoria – der Befestigungsmauer der Stadt aus der Römerzeit.

Das Pärchen aber wollte heute nicht zum Fluss, der sich gleich in der Nähe befand. Es bog nach links ab in die Goliathstraße, um einen der torartigen Eingänge des gleichnamigen Hauses zu betreten, auf dessen wuchtiger hoher Wand der berühmte Riese mit der Steinschleuder aufgemalt war.

„Buon Giorno!", begrüßte Ceriso seinen Landsmann, den Pächter des italienischen Lokals: ein einst von den Mafiosi gejagter, hagerer, etwas untersetzter typischer Sizilianer mit angegrautem Filou-Bärtchen, einer gepflegten Zahnreihe im Gesicht und einer großen Nase und flinken, alles überschauenden Augen – der sie immerzu, wenn sie sich bei ihm aufhielten, vortrefflich bediente. Ja, es gelang ihm ja sogar, die beiden in ihrem Paarverhalten zueinander zu ergründen, ihre große leidenschaftliche Liebe für sich festzustellen und ein persönliches Resümée daraus zu ziehen. Als Chef und gleichzeitig Oberkellner dieses Restaurants war er sozusagen Anwalt und Psychologe seiner Gäste. Er hatte dafür zu sorgen, dass es allen wohlerging und nicht nur die leiblichen Spezialitäten mundeten, sondern dass auch das Ambiente stimmte und eine positive Energie durch die Räume wehte. So lief er tänzelnd von Tisch zu Tisch, ein weißes Tuch um den Arm gewickelt, stets ein Lächeln auf den Lippen oder auch eine kleine unterhaltsame Story bietend, einen angenehmen Small Talk, mit dem er die Ankommenden und auch die dort Verweilenden überraschte. Zu allem gab es auch noch eine Empfehlung, wie man das Frühstück, die Mittagskreation oder das Essen am Abend noch genüßlicher gestalten könnte … etwa mit dieser oder jener Nachspeise versehen, die momentan en vogue war. Daraufhin jedoch zog er sich sogleich diskret zurück, so als habe er kein Recht mehr, sich nun weiter in die Bedürfnisse der jeweiligen Anwesenden einzumischen und man sah ihn in die Küche eilen, um dort das Gewählte vorzubereiten oder anzuweisen.

An den meisten Tagen war er allein und kümmerte sich persönlich um die Gäste. Des Abends oder wenn es im Lokal sehr betriebsam wurde … besonders bei Fußballübertragungen, Wimbledon-Turnieren, Renn- oder Boxsportkämpfen im TV sah man ihn von einem zur Unterstützung herbeigerufenen jungen Mann umgeben, der Oberkellnerstatus besaß und der ihn auch des Öfteren während eines Urlaubs vertrat. Dieser junge Mann trug einen übergroßen Schurz, der auch deshalb so umfangreich sein musste, da er darunter seine kräftige Statur und seinen Bauch versteckte. Ein figürlicher Umstand, der ihn aber nicht daran hinderte, ebenso flink wie sein Chef zu sein und die Geschäftsräume, wenn auch in seinem Fall mit einem eher gewissem stummen Humor, zu durchqueren.

Ceriso ließ Sila nicht aus den Augen. Schließlich begann er sie zu küssen. Da sie im Moment noch alleine waren, konnte man diesen Fauxpas vielleicht verzeihen.

Ein einfacher Kuss wäre wohl noch das Geringste gewesen, worüber man sich hätte Gedanken machen müssen, doch diese Liebesbeweise, die sie sich nun gegenseitig abforderten, lagen wohl bereits im Grenzbereich. Und als sie das bestellte Frühstück serviert bekamen, so erhielten sie dies sozusagen mit einem leicht zur Seite geneigten Kopf des Chefs, was andeuten sollte, dies sei nun doch genug.

Ceriso unterließ es nun, seine Geliebte abzutasten, und widmete sich der köstlichen, aromatisch dampfenden Brühe – dem schwarzen Gold der Liebe –, das nur wenige so bereiten können wie die sonnen- und frauenverwöhnten Italiener.

Hinter dem Rand der dickbauchigen Tasse suchte er erneut ihren Blick. Er hielt sie fest mit seinen Augen.

Er grub sich in sie ein.

Da war ein Druck zu spüren, der von seiner Iris ausging. Ein Lechzen auch. Fast nackt schien sein Blick zu sein. Von einer Leidenschaft, die sie erzittern ließ.

Ein Beben ging durch ihren Körper.

Kaum konnte sie das Brötchen streichen.

Dabei hatte sie sich so auf die Quittenmarmelade gefreut.

Ceriso übernahm das für sie.

Schweigend. Ohne Kommentar.

Dass er sie jetzt nicht neckte, verstand sich von selbst.

Da sah sie … nahm sie wahr … dass seine Hände zitterten.

Er war genauso gefangen von diesem Moment wie sie.

Nun lächelten sie beide und brachen ein wenig dieses Eis der Begierde.

Man wollte schließlich auch den Teller leeren, der da vor ihnen auf dem Tisch stand.

Und da wartete noch ein Digestiv.

Dieser löste leicht die Spannung in ihnen, sodass beide nun sehr ruhig und gemütlich wirkten, was den Oberkellner zum Kommen veranlasste.

„Hat es geschmeckt?", fragte er höflich.

„Für meine Freundin noch ein Eis … Uno gelato …!", ergänzte Ceriso auf Italienisch.

„Wir haben nur zwei Sorten", bekam er zur Antwort, „Vaniglia und Cioccolata …

„Natürlich beides", sagte Ceriso. „So wie sie ist, die Schönste neben mir: dunkel und hell."

Er lachte: „Stimmt's ... Baby?"

Nach ein paar Stunden waren diese kleinen Episoden des frühen Morgens schon Vergangenheit.
Sila war bei ihm, bei Ceriso.
Es war Mittag. Sie hatten die Rolläden heruntergezogen, sodass es schattig war und etwas kühler.
Es herrschte draußen auf einmal eine eigentümliche Lichtschwere – eine Erscheinung mit einer trüben, bald schon graulastigen Wolkenszene ... Wollte es nachmittags regnen?
Man denkt an südliche Länder: hell am Tage und tiefschwarz in der Nacht. Diese kontrastreiche Absetzung ... so eine Schnittstelle zwischen den Zeiten, dass es einem ständig beinahe das Herz bricht.
Und wenn man dann noch verliebt ist – der Herr bewahre!

Das Pärchen lag zusammen in schwerer Umarmung.
Der eine bekniete des anderen Körper.
Sie waren verknotet und in sich gewunden wie eine Spirale.
Eine Spirale des Glücks.
Doch das Glück war zu suchen und die Wege zu ihm schienen bisweilen hart. Und so drehten sie sich und wanden sie sich unter Schreien und Seufzern der Lust.
Am Ende war da ein Ergebnis: einfach nur unfassbar und gut.
Später ... als Ceriso duschte, lief das Wasser über seinen schlank-muskulösen Körper, über sein Sixpack, über sein schönes Gesicht.
Seine Zähne blitzten auf.
Er lachte.
Die Perlen der Wassertropfen schillerten unter dem Licht der Badeleuchte. Er schüttelte sich ein wenig, so wie ein

Tier, das nass geworden war.

Er war Sex und Wahnsinn.

Seine Schönheit trieb Sila Tränen in die Augen.

Als sie nach Abschluss dieses Tages, am späten Abend, wieder zuhause in ihrem Bett lag – und nicht, ohne sich vorher mit Bedacht, ja, mit Andacht, entkleidet zu haben – denn die Liebe ist auch eine Zelebration, eine Sinfonie, eine Feierlichkeit, die es nun quasi im Alleingang fortzusetzen galt: mit dem Aufrollen und Ausziehen der knisternd-erotischen Strümpfe, dem Aufklicken des BHs am Rücken, dem Niederblicken der Augen vor dem schmalem hohen Ankleidespiegel, die all dieser sündhaften Blöße gewahr wurden, und dem sinnlichen Wechseln des nackten Körpers in die bereitgelegte Nachtwäsche, einem hauchdünnem seidigen Jump-Suit, der den vom Geliebten begehrten Leib schließlich umgab … erinnerte sich Sila, wie sie und Ceriso sich an einem Nachmittag im Juli zum ersten Mal so richtig nahe gekommen waren – im Zentrum ihrer Stadt, der Donaustadt mit zweitausendjähriger Geschichte – deren verwinkelte Straßen und Gassen mit dem typisch-urigem Charme und dem Flair des Mittelalters die Bewohner und die Besucher in gleichem Maße in Erstaunen versetzen und bezaubern.

Das quirlige Leben hatte sich zu jener Zeit gerade etwas zurückgezogen. Das Steinpflaster vor dem Dom lag verlassen da und leer. Man vernahm nur noch das leise fleißige Hämmern der Arbeiter, die an der Spitze einer seiner beiden Türme Renovierungstätigkeiten durchführten, und das aus der Höhe herabdrang. Der andere Turm und ein Teil der Vorderseite des alten ehrwürdigen Gebäudes erstrahlten schon in hellerem, beinahe weißem Glanz – wie von Sonne gebleicht – ähnlich der Kathedralen in südlichen Gefilden. Die Universität im Außenbereich der Stadt schickte sich augenscheinlich bereits an, sich in den Sommerschlaf zu begeben.

Es gab sie damals noch – diese gelben, hochglanzlackierten Telefonhäuschen, von denen sich einige neben dem alten Postgebäude befanden.

Sila wartete vor einem.

Ein dunkel-gelockter Mann trat heraus, um ihr Platz zu machen. Er hatte eine römische Nase und ein schmales Gesicht. Es war heiß draußen.
Er hatte ihr angesehen, dass sie übermüdet war und etwas angestrengt ob dieser Hitze.
Er war auch ein Kavalier.
Er ließ ihr den Vortritt.
Ihrer beider Körper streiften sich dabei.
Das war ein angenehmes Gefühl.

Sein Lächeln befiel sie auch und ein tiefer Blick, der schürfend war und dunkel.
Sein Gesicht war braungebrannt.
Ein Südländer.
Vielleicht ein Italiener?

Während ihres Gespräches, das sie nun im Inneren des Telefonhäuschens führte, stand der fremde Mann etwas weiter abseits auf dem Pflaster, das die Sonne umschien. Er stand nicht im Schatten, obwohl es beinahe vierzig Grad waren.
Das hatte er nicht nötig.
Er war die Sonne gewöhnt.
Er stand da, einige Meter entfernt: in einer Lederjeans in tiefem Schwarz, die an beiden Seiten eine seitliche Schnürung aufwies, und die etwas abgewetzt wirkte – das Gesicht um-

rahmt von seiner dunklen Lockenpracht. Seine Augen leuchteten.

Als Sila nach getanem Gespräch die Telefonzelle verließ, lächelte sie. Sie nahm sich heute wahr wie eine Offenbarung. Ein warmer Strahl von Sonne durchschritt ihren Körper. „Bleiben Sie einen Moment! Warten Sie, Sie Schöne! Ich …" Er kam auf sie zu. Seine Stimme geriet ins Stocken: „Ich will mit Ihnen sprechen, Sie näher kennenlernen!" Um dann, leise: „Ich bin … Ich habe mich verliebt." Letzteres war dennoch zu hören.

„Ah", sagte sie etwas spöttisch. „Ah!"
Er: „Wollen wir uns treffen? Ja? Hier ist meine Nummer!"
Er reichte ihr ein Kärtchen.
Sie antwortete: „Vielleicht …"
Und rief ihn nicht an.

Durch Zufall trafen sie sich nach ein paar Tagen wieder.
Oder war es ein von dem Manne geplantes Zusammentreffen gewesen – ein arrangierter Akt?
Hatte er auf Sila gewartet – vielleicht schon längere Zeit?

Er stand vor einem Kaufhaus in der Innenstadt. Linker Hand neben der Straße, etwas seitlich, angelehnt an dessen gläserne Eingangstüre.
Sie hielt inne.
Sie umarmten sich zur Begrüßung.
Er rauchte.
Er legte die Zigarette weg, kippte sie in einen kleinen mitgebrachten Handaschenbecher, als sie miteinander sprachen. Während der Unterhaltung sah er manchmal die breite Hauptstraße hinauf, als erschiene ihm in der Ferne ein Orakel.

An diesem späten Nachmittag bedeckten die Wolken auf eine gewisse Art die Sonne, sodass sich am Himmel über den Passanten ein Loch auftat, das aussah wie ein geöffnetes Lippenpaar.

Sila war mit Plateauschuhen gekommen und mit einem asphaltgrauen minikurzem Rock, der im Vorderteil, seitlich an der Hüfte, eine große silberne Schnalle aufwies aus silbernem Metall. Das Bekleidungsstück war trapezförmig geschnitten. Sie hatte dazu ein enges, bis zum Halse geschlossenes, ärmelloses schwarzes Ripp-Shirt gewählt.

Er hingegen, Ceriso, trug eine hellbraune, nougatfarbene, feine Kalbslederhose, die im vorderen Hüftbereich eine Schnürung zeigte und die seine sirenenhaft schlanke Figur vorzüglich zur Geltung brachte. Er hatte dazu ein sommerbuntes, großgemustertes Hemd gewählt und einen auffälligen breiten Gürtel.

In dieser Kleidung würde er ihr in der Zukunft noch häufig gegenübertreten. Er sah darin wie ein eleganter Gaucho aus. Man wollte ausrufen: „Ceriso, wo ist dein Pferd?" Der Geruch ferner Felder umwehte ihn. Etwas Verwegenes umgab ihn. Er stand vor ihr mit der Lässigkeit einer männlichen Schönheit.

Ein sanftes Lächeln umspielte seine Lippen, sein Gesicht. Sodass man mit ihm mitgehen wollte.

Auf der Stelle.

Sila blieb gefasst.

Er sagte ihr, er habe einen Termin, aber er wolle sie die nächsten Tage gerne treffen.

Leicht zu erobern schien er nicht zu sein.

Seinem Blick entnahm sie, dass sie ihm gefiel ... auch seiner Stimme und dem Ausdruck seines Gesichts.

‚Sehr …‘, sagte ihr, das alles: ‚sehr …‘

Sie trennten sich.
Jeder ging seinen Erledigungen nach.
Daraufhin sah sie ihn nicht wieder.
Das Telefon blieb stumm.

Ein Treffen schien sich nicht zu ergeben.
Er meldete sich nicht.

Sie spürte, dass er vor ihr floh.
Er bestätigte ihr dies.

Eines Tages, an einem sonnigen Spätvormittag, auf einem kleinen Platz im Zentrum der Stadt … Linker Hand befand sich das Gloria-Kino und rechts gelegen ein Café … Hohe Schrifttafeln, zu beiden Seiten an dessem Eingang angebracht, wiesen auf die Angebote von Getränken und Speisen hin, die man in seinen Innenräumen goutieren konnte. In der Mitte des Platzes hatte eine Soziale Initiative einen Bücherstand aufgebaut. Dieser lud zum Blättern und Schmökern der interessanten, zum Teil antiquarischen Fundstücke ein, die ein paar kundige Sammler zusammengestellt hatten …

Sila sah ihn, Ceriso, als sie gerade in ein philosophisches Buch vertieft war. Sie erblickte ihn sozusagen über die angelesene Seite hinweg und nahm wahr, wie er, der sie ebenso gesehen haben musste – sein Blick streifte sie kurz und eindringlich –, flüchtend unter ihren Augen verschwand. Er verlief sich in die schmale kleine Gasse, die neben dem Kino entlangführte, zwischen den hohen, in den Himmel ragenden Gebäulichkeiten, in Richtung Obermünsterstraße.

Tout à coup legte sie das Buch in ihrer Hand zur Seite, zurück auf den Verkaufstisch, und folgte ihm, schnell im Schritt, beinahe laufend. Wobei sie darauf achten wollte, dabei so vorzugehen, dass er es nicht merken, ihr Vorhaben quasi unerkannt bleiben sollte, sodass er nicht annehmen müsse, er werde verfolgt. Man stelle sich vor: Eine Frau läuft einem Mann, den sie begehrt ... hinterher. Und dies am helllichten Tag. Ein Vorgang, den man bereits in die Absurdität verweisen kann.

Ein Desaster, eine kleine Katastrophe.

Eine Lächerlichkeit auch, ohne Zweifel.

Es schien auch, als sei ihr Unterfangen, ihn auf diese Weise einzuholen, zum Scheitern verurteilt. Sie zuckte leicht mit den Schultern: etwas resigniert.

Sie blieb stehen.

Wollte sich gerade umwenden, um zurückzugehen.

Da kam Ceriso plötzlich aus einer anderen Straße, die den Platz gewissermaßen umrundete, auf sie zu.

Er lächelte.

Mit feiner Ironie.

Sie mutmaßte, er lachte sie ein wenig aus.

Offensichtlich hatte er eben doch ihre kleine Verfolgungsjagd bemerkt.

Und nun?

Hatte er, wie sie flink und zielgerichtet ihm nachgekommen war, erspürt? Oder war es eine Gefühlswendung, eine plötzliche Eingebung, ein Sinnesblitz gewesen, die ihn hatten umkehren lassen?

Fragen, die sein Lächeln unbeantwortet ließ.

Wie gesagt: Ein leiser Spott schien darin zu liegen.

Er trat also auf sie zu.

Er begrüßte sie kurz.

Und er bestätigte ihr, dass er vor ihr habe flüchten wollen, und er sagte ihr auch den Grund.

Er habe ein schweres Leben. Und habe sie das nicht gespürt? Er wolle sie nicht belasten mit Dingen, die zu lösen ihm Schwierigkeiten bereiteten ...

Er unterbrach damit seine Rede. Sie, Sila solle nicht ihre Unbekümmertheit verlieren, ihr heiteres Gemüt.

Gut gelaunt, so sei sie ihm doch erschienen.

Er wünsche sie nicht zu quälen mit der Unrast und der Schwermut seines Lebens.

Er fände kaum Trost.

Was Sila jedoch vermeinte, besser zu wissen oder auch lösen zu können. Seine Rede gefiel ihr nicht so ganz.

Sie wollte ... ja, sie wünschte, mit ihm zusammen zu sein.

So einfach war das. So unkompliziert. Er war ihr sympathisch. Er hatte ihr Herz erfasst.

Sie fand, dass es langsam an der Zeit sei, dies ihm gegenüber zu vermerken und festzustellen.

Sie sagte ihm das.

Sein Lächeln wirkte jetzt sehr warm, aber auch ein wenig hilflos. Doch ihre Ehrlichkeit schien ihn überzeugt zu haben.

Die Tür eines silbernen Metallzaunes am Platz blitzte auf unter der Sonne. Ihr geschmiedetes Dekor, das geschwungen und gewunden war, glitzerte kristallen ...

„Wir wollen etwas Trinken gehen!", sagte nun Ceriso.

Er wies auf ein Café, ganz in der Nähe, korrigierte sich dann aber: „Ich weiß noch etwas Besseres!" ... und ging mit ihr das schmale Gäßchen hinauf, am Kino vorbei – an dem ein Plakat aufgemacht war, das einen Mann und eine Frau in erotischer Umarmung zeigte – bis sie sich schließlich in einer gemütlichen kleinen Kneipe einfanden, deren Inventar aus derben groben Holzbalken und -möbeln bestand – mit Bänken, auf denen Schaffelle ausgebreitet lagen.

Eine Einrichtung, die urig wirkte und intim.

Ein Restaurant, das einen veranda-ähnlichen Innenraum bot, in dem man sich zusammenkuscheln konnte, und der etwas aufgeheizt war von der sonnigen Atmosphäre draußen – aber noch kühl, da er in einer schattigen Ecke lag –, der Schutz bot für zwei verletzte Seelen.

Die Tierfelle am Rücken und unter den Oberschenkeln waren kühl und sorgten für einen angenehmen Temperaturausgleich. Es tat gut, da zu sitzen.

Sila und Ceriso blickten sich an.

Sie lachten.

Sie waren toll verliebt.

Er fasste ihre Hand. Sie schob die ihre in die seine.

Sie drückten die Hände so fest, dass es schmerzte.

Sie legten die umschlungenen Hände auf den Tisch.

Am Ende zeigten die Handflächen nach oben.

Wie eine Siegerpose.

Ja, die Liebe hatte gesiegt ...

Am nächsten Tag entführte Ceriso sie in seine privaten Gemächer.

Eine Vielzahl von Bewohnern teilte sich den mondänen Hochhausbau. Er befand sich in der Peripherie der Stadt. Das gemietete Appartement darin war nicht groß: lediglich ein einzelner Raum mit einer kleinen Küche und einem Bad mit Toilette. Aber gerade diese räumliche Begrenztheit verlieh der Leidenschaft etwas Romantisches, Behagliches, wies einen intimen Nestcharakter auf und lud zur Entspannung ein.

Auf der linken Seite der einen Wand befand sich ein größeres Fenster, das eine Tür zu einem Balkon enthielt. Daneben, in der Ecke, befand sich ein holzberahmtes großes Doppelbett. Das braun-weiß gefleckte Fell eines Kalbes lag davor auf dem Parkettboden, der einen warmen Buchenholzfarbton aufwies. Über dem Bett hing ein großer, schmaler, matt schimmernder Spiegel, der den warmen Glanz des Raumes, der vorwiegend in Erdfarben gehalten war, widergab.
Ein paar Bilderrahmen gab es auch: schlicht in Silber gefasst mit Frauenbildnissen.
Im hinteren Teil des Raumes befand sich ein Tisch mit zwei Stühlen, die etwas altmodisch wirkten: dunkel, mit feinen Blattintarsien an den Lehnen und einer Weintraubenranke. Deren schweres Holz war gut geölt. Trotzdem wirkten diese Stühle leicht und fragil – beinahe schwebend.
Gegenüber dieser kleinen Sitzgruppe befand sich eine schmale Tür, die geöffnet war und die in einen engen Küchenbereich führte. Dort gab es eine längere Zeile mit Holzschränken, einen schlichten Herd ohne Backofen und darüber ein paar Vitrinen mit Gewürzen, Grundnahrungsmitteln und ein Schränkchen mit Gläsern, Tee- und Speisegeschirr.

Kaffeetassen, bereit zum Einschenken, und eine Kaffeemaschine mit Filter standen auch parat. Kurzum: alles, was der Liebe zu einem gelungenen Auftakt und Aufenthalt dienlich sein konnte.
Sila begriff sofort und dies bestätigte ihr auch ihres Liebsten Blick: Nicht mehr war nötig ... Da war der Raum, waren sie beide, ihre Körper, ihre Leidenschaft. Die Essenz des Lebens lag gleichsam in eben jenem Blick, den er, Ceriso, ihr zuwarf, als sie nun zum ersten Mal diese, seine privaten Wohnräume, betraten. Da war ein gebündelter, beinahe paranoischer existenzieller Inhalt auszumachen, wie ihn die Liebe verkörpert: die affinitive Besessenheit, vermutlich einer anderen als

der gewöhnlich sterblichen – einer hoheitlichen Mission, die vom Himmel gesendet wird.

Gehen … Wachen … Träumen mit einer Liebe.
Sich duschen … Essen … Sich austauschen … Schlafen.
Oh herrliche Gebärden des Glücks!

„Da ist etwas mit dem Schlaf …", sagte Ceriso beinahe sinngemäß. „Jeden Tag geben wir unseren Körper zurück an das Universum und erwachen mit dem ganzen Hunger unseres Lebens!" Über seine Nerven resümierte er: „Sie sind wie kleine zerriebene Sterne, wie aus gläserner Seide, an Fäden mit dem Himmel verbunden. Ein leichter Windstoß und sie flattern davon."

Er schenkte jetzt den Kaffee ein, den er inzwischen bereitet hatte. Sein Duft erfüllte den Raum.
Dann aber blieb nicht mehr viel Zeit.
Keine Thematik mehr.
Die Verstandesgründe waren ausgelöscht.
Eigentlich war jetzt alles klar.
Glasklar. – Liebe eben.

Was jetzt kam, war ein Flächenbrand.
Er entledigte sich seiner Jeans.
In einer knapp sitzenden Shorts eines bekannten Wäscheherstellers stand er sogleich vor ihr. Die war prall gefüllt mit seiner provokanten Männlichkeit.
Dazu sein Blick.
Mehr brauchte es nicht.
Es gab einen kurzen Moment der Erstarrung.
Sie wusste nicht mehr: „Wer hatte den zuerst gelöst?"
Dann traten beide aufeinander zu.
Das Bett war nicht weit.

Es lag daneben – bereit für alles.
Weshalb noch zögern? Wegen dieser Frage keine innere Barbarei.
Die Spannung geriet zur Tortur.

Die Umarmung fiel süffig aus – vehement.
Er zog sie plötzlich an sich, drehte sie ein wenig zur Seite: geschwind … bald schon hastig, und legte sie auf das Bett.
Sogleich griff er in ihren Schritt.

Er stöhnte auf.
Ihr Herz pochte und das seine konnte man auch hören: stark, gewaltig.
Sonst war da Stille.
Nichts.

Er nahm sie jetzt.
Gierig, besessen und schnell.
Sie versuchte, ihn zu bremsen.
Vergeblich.
Sein Puls raste.
Der ihre tat das auch.

Er vergaß sie zu küssen.
Sie erlebten heftige Orgasmen.
Man konnte ihre Lustschreie überall hören.
Am Ende suchte sie sein Gesicht.
Es war von einer leichten Röte überzogen.
Es sah auch ein bisschen verschlossen aus.
Sie glitten in eine leichte Katastrophe.

Sie waren ein Paar – eine Einheit – sonst nichts.
Gott weiß, was alles stattfand.
Liebe eben – eben Liebe.

Ihre Erschöpfung ließ sie danach gemeinsam in tiefen Schlaf fallen. Wenn auch … sie währte nicht lange. Neuerliche Taten folgten.

Von da an nannte er sie: „Baby".
Was sonst.
Ihre Haut war streichelweich.

Ab diesem Zeitpunkt war jeder Blick eine Aussage. Man musste nicht mehr diskutieren. Unnötige Gespräche entfielen. Die Sinne schwanden auch. Sie lösten sich auf im Dunkel des Geschehens – nicht nur bei geschlossenen Rollläden, auch bei Licht, das ein nächtliches Geheimnis blieb – ein rabendunkles, tiefschwarzes Geheimnis: zwei Menschen in der Tiefe ihrer Begierde, ihr rauschhaftes Abheben, ihre Suche nach Erleuchtung.
Ein Paar, begehend den Ätna, die Feuersbrunst …
Lippen beben, das Herz brennt … lichterloh in den Überflügen, im Bannkreis der Sexualität.
Ein verzehrender Brand … eine Superlative.
Glut und Asche … Lava und Rauch, wenn die Sirenen des Sexus ihre Schatztruhen öffnen.

Es war bald schon Mitternacht, als Sila den Bus nach Hause nahm.
Im schattigen Nachtgeschehen wirkte dieser in seinem Inneren wie ein Kaleidoskop des Irrealen. Sie hatte hinter dem Fahrer Platz genommen, als unter ihrem Blick das mysteriöse Geschehen begann: In der Außenglasscheibe spiegelte sich der Innenraum des Fahrzeuges, sodass man den Fahrer, der ansich von einer Trennwand verdeckt war, im Fenster hantieren sah, sich zurücklehnend oder auch sich bewegend, in all den Abläufen, die er während der Fahrt tätigte und die so ein Beruf mit sich bringt.

Man entdeckte auch Viererreihen darin: Plätze, auf denen sich ein paar spät heimkehrende Leute gegenübersaßen, nahm ihre Gestik wahr und bildweise auch, die von ihren Körpern und Händen kommentierten Gespräche.

Das Geschehnis des Busraumes war sozusagen nach draußen versetzt, in die dort herrschende tiefdunkle Nacht, sodass der Eindruck ein Doppelbild ergab.

Man weiß um die Transparenz, die spiegelnde Glasscheiben hervorzurufen vermögen, und dennoch, gerade heute, an diesem Tage, dessen fortgeschrittenen Abends, wurden all diese Vorgänge von einer gewaltigen Form der Erkenntnis untermalt und überrollt.

Würde vielleicht vieles im Leben einer realen Dingwelt gleichen und doch lediglich eine Fata Morgana sein – eben eine, wie sie uns unter anderem zu allen Zeiten in alltäglicher Hinsicht, in sich spiegelnden Gläsern oder durchlässig-transparenten Gegenständen entgegentritt – ohne dass wir sie bewusst wahrnehmen? So beschäftigt sind wir um und neben uns.

Da die heutige Erfahrung der Liebe ihr Bewusstsein und ihre Aufnahmebereitschaft gestärkt hatte, war Sila ob dieser realen und mystischen Dingwelt tief bewegt.

Und mit einem Lächeln auf den Lippen erinnerte sie sich an eine kurze Episode gegen Ende des zurückliegenden Tages, als ihr Ceriso sanft zugeflüstert hatte: ‚Gatto, mein süßes Kätzchen … Wie nennt man das, was wir getan haben? – rompere il ghiaccio – ‘.

Nach dieser Rückschau, spätabends in ihrem Bett – auf ihre schicksalhafte Begegnung und mit den Gedanken an den Beginn ihres Liebesverhältnisses – wurde Sila bald schon, in freudiger Erwartung kommender Tage mit ihrem Geliebten, in das Eingebettetsein und das Eingewobensein sanfter Träume gehoben.

Ein Strauß von Rosen ...
Un vaso con alcuni fiori ...

Ein wolkenfreier Tag lachte am nächsten Morgen durch die Fenster, und Sila, nach einem tiefen Schlummer und in eine wohlig sanfte Atmosphäre gepackt, öffnete dieselben, um die frische hereinströmende Luft zu schnuppern, zu genießen und in die Lunge strömen zu lassen. Um dann ... die Arme hochgestreckt, in freudiger Erwartung des vor ihr sich befindlichen Tages, ein Lächeln auf den Lippen zu haben. Das war Sommer, und nur er konnte einem solche Vergnügungsvorfreude bereiten.

Ja, so ein Tag und man ist bereit zu allem.

Ceriso und sie hatten ausgemacht – sollte das Wetter so anhaltend schön bleiben –, mehrere Tage in den Donauauen zu verbringen. Eine einsame Stelle war es, die ihr Geliebter sich dazu ausgesucht hatte – eine kleine Bucht, nach vorne geneigt, dem Flusse zu, die seitlich und im Hintergrund von hohem Schilfgras bedeckt war, und von den Blicken anderer etwas abgeschirmt lag. Sie hatten sich da mit buntgemusterten großen Badematten platziert mit einer unvergleichlichen Aussicht auf das sich fein kräuselnde Wasser, das von Strömung und leichtem warmem Wind getrieben wurde. Sila ruhte entspannt auf dem Bauch, Ceriso befand sich dicht neben ihr. Sein Körper berührte den ihren – mit jeder seiner Gesten und seiner Bewegungen.
Der schöne Mann an des Mädchens Seite sah aus wie in Licht getaucht: hell und strahlend. Seine Hand suchte immerzu nach ihrer Nähe.
Sein Mund übrigens auch.

Dann wieder ließ er ruhig die Magie der Sonne auf sich wirken.

Um seinen Mund spielte ein Lächeln.

Sila sagte ihm, dass sie ihn immer schon geliebt habe, bereits bei einer ersten Begegnung. Dies musste vor vielen Jahren gewesen sein. Er hatte vor ihr in einer Bäckerei gestanden, um einzukaufen. Es war an einem Morgen gewesen. Augenscheinlich wollte er sich etwas zum Frühstück mitnehmen. Ob er sich daran erinnere?

Seine Hüfte sei ihr aufgefallen ... überhaupt: seine schlanke Figur – auch sein breiter Gürtel, der aussah wie gemalt und dass er etwas Indogenes an sich hatte – sein Gesichtsausdruck ein wenig fremd wirkte – auch seine Augen, die dunkel waren, etwas umrandet zu sein schienen von schlaflos verbrachten Nächten.

„Und du ...", sagte er. „Ich habe sofort bemerkt, dass du ein Hippie-Girl bist. Aber nicht so ein in die Gegenwart versetztes, das sich um jeden Preis so kleidet und benimmt, um originär zu wirken. Nein, dass dir diese San-Francisco-Zeit einfach in deine Art und ins Gesicht geschrieben waren. Auch deine schlichte Natürlichkeit und das Benehmen, dein Haar zu tragen, hat mich beeindruckt.

Da war keine Show.

Show-Girls liegen mir nicht.

Davon gibt es genug im Film. Du, Sila, entführtest mich in eine andere Geschichte, fast schon in einen Trailer. Allein schon neben dir zu stehen, hat mich mitgenommen auf eine Reise in deine Seele. Ich spürte deine Energie, Gioia!"

„Danke."

„Ja, auch ich bedanke mich bei dir für deine Komplimente."

Sie sahen sich beide bewundernd an, küssten sich, um daraufhin in einen leichten Schlaf zu fallen.

Weiter entfernt, am gegenüberliegenden Ufer des Flusses, lag eine Gruppe von Frauen auf mitgebrachten Handtüchern oder aufgestellten Liegen. Manche strickten, andere lasen in einem Buch. Auch ein paar Radioklänge konnte man hören. Einige hatten ihr Bikinioberteil gelöst, sodass ihr Rücken frei zu sehen war, andere spielten mit einem Ball oder tranken aus einer Fantaflasche. Wieder andere ließen nur die Kraft der Sonne auf sich herabfallen und wirken. Die Stimmung war ruhig und gelöst. Die Unterhaltung der Frauen klang dunkel und etwas schläfrig, die der Mädchen fröhlich und hell. Das Wetter hatte alle verliebt gemacht. Verschossen in die plätschernde Natur des vorbeiziehenden Wassers, in die Musik der Vögel und in die zauberhafte Atmosphäre, mit der ihr Schöpfer sie alle beglückte.

Doch Ceriso wirkte nach dem Erwachen nachdenklich:

„Ich bin jetzt müde", sagte er plötzlich. „Ich habe Angst … Angst, dass du mich einmal verlässt, dass ich all dieses nicht mehr tasten, greifen kann …" Sein Mund suchte den ihren: „Dass ich zurückgestoßen werde in meine Einsamkeit.
Das ist meine Furcht.
Und ich weiß, es wird geschehen.
Wir sind zu verschieden.
Da ist kein Platz für mich.
Ich ahne das."

„Unsinn!", meinte sie. „Genießen wir lieber diesen schönen Tag! Schau, die Hunde!" Sie deutete auf die gegenüberliegende Seite des Stromes, wo mehrere Hunde ausgelassen ins Wasser stürmten. Die Hitze schien ihnen gutzutun. Sie schwammen mit lächelnden Tiergesichtern. Ja, sie schienen tatsächlich sehr froh zu sein. Man konnte sogar ihre Zähne sehen. Ihre Münder standen weit offen. Betriebsamkeit und

Energie sprachen aus ihrem Ausdruck. Auch Eifer und frischer Mut. Doch auch ein Frieden lag über ihnen und Wohlgestimmtheit. Sie spielten ihre Spiele, die auch von Geknurre begleitet waren. Doch das war nicht ernst.

Ceriso hatte nun wohl seine Sorgen vergessen und betrachtete nun genauso wie Sila das kleine Schauspiel der Tiere. Sila klatschte in die Hände wie ein kleines Kind. Das tat sie zuweilen, wenn sie etwas besonders erfreute.

Sie gingen jetzt baden. Sila trug einen knappen roséfarbenen Bikini, der ihre Figur betonte. Seine Augen bekamen nicht genug von ihr.
Er sah etwas frech aus, als er fragte: „Soll ich dich tauchen?"
„Willst du? Warum willst du mich tauchen?"
„Um dich mit dem Wasser der Erkenntnis zu füttern, dass du hierbleiben sollst, für immer, hier bei mir."

So und ähnlich klangen ihre Dialoge.

Dann schwammen sie beide weit hinaus.
Die Strömung tat ihr Übriges hinzu.
Zu beiden Seiten umgab sie Grün.
Der Fluss erinnerte an thailändische Gebiete.
Das Wasser war warm.
Kleine Schnaken tanzten darauf.
Auch Fische konnte man sehen: viele kleine, die es unruhig in Schwärmen unter der Wasseroberfläche hin- und her zu treiben schien, die blitzschnell ihre Richtung änderten – von dorthin nach da, weshalb auch immer … auch größere, nach derem Auftauchen das Wasser Ringe bildete, solche, die sich nur kurz sehen ließen, um dann wieder in der Geborgenheit ihrer Heimat zu verschwinden, des etwas schlammigen Wassers, seiner gurgelnden Tiefe.

Man nahm auch Algen wahr, die den Flussrand säumten, ihm einen moorgrünen Teppich ausbreiteten, aus dem das Schilf herausragte und hohe Büschel Gras. In verschiedenen Ecken zu Gruppenbildern gefasst, befanden sich Seerosen: manche offen, manche kurz vorm Erblühen.

Es waren große Rosen dieser Art mit gelben kräftigen aufgeschlossenen Blütenkelchen und breiten dicken Blütenstängeln.
Gemälde fielen Sila dazu ein – fantastische, berühmte Werke: etwa die Rosen von Monet ...

Da tauchten schon die Brückenpfeiler auf, durch die sie hindurchschwammen, da sie sich in einem Nebenarm der Donau befanden, die hier etwas ruhiger floss – um bald aber umzukehren, denn sie hatten Lust, sich zu küssen.
Ceriso legte sie auf den Boden. Sie lagen jetzt im Gras, dessen trockene Halme sie mit ihren feinen Nadeln kitzelten. Sein Körper war über den des Mädchens gebeugt, sodass er den Himmel etwas verdunkelte. Seitlich schräg fiel ein Strahl von Sonne herein. Sie küssten sich wie frisch gefallener Schnee – unschuldig und etwas schüchtern.
Da brach plötzlich das südliche Temperament des Mannes durch.

Sie kamen sich so nah, wie es ist, wenn die Sonne und die Erde sich begegnen, wenn das Gras verbrennt und die Flüsse vertrocknen. Er entzog ihr alle Feuchtigkeit, die sich in ihrem Körper befand, die Seele blies er auch heraus und ihr Herz, bis er schließlich alles in seinen Händen hielt. Sie war verloren.

In die Stimmen der Vögel, die sich wie Geigentöne anhörten, in den höchsten Oktaven, oder wie der hellste Sopran einer

Operndiva, mischte sich das dumpfe zerrissen wirkende Organ eines Hundes, der weit entfernt von einem Gutshof auf einer Anhöhe herunterbellte.

„Du hast schöne Brüste …“, sagte Ceriso. „Nicht zu groß und nicht zu klein, prall und hübsch. Und der Rest: Oh, mein Gott! Sei bellissima!“

Als sie den Heimweg antraten, streckte ihnen die überbordende Natur ihre Wunder geradezu entgegen. Rosen hatten ihre Pracht über die Zäune geworfen und das Schilfgras in den Gärten zeigte sich steil nach oben gestreckt, so als habe es nie einen Sturm, ein Unwetter oder ein sonstiges Szenario des Himmels erlebt. Als sei es von allen Winden der Welt verschont geblieben, als habe es das Lächeln und das Gold gewogen den ganzen Sommer lang.

Sila nahm ein unbebautes Feld wahr am Rande eines Gartens, in dem eine Königskerze blühte: edel, anmutig und hochgewachsen, die alle anderen Pflanzen überragte.

Katzen lagen schläfrig zusammengerollt vor den Hauseingängen. Die Sonne warf ein Muster auf die grob gepflasterte Straße: eine Silhouette der darüberliegenden Eisenzäune – ein Schattenbild mit einem lieblich und romantischem Dekor – ein wahrhaft zartes poetisches Gemälde.

Das Paar hatte die Winzerer Höhen vor sich. Es wusste auch den Dultplatz in der Nähe … das Flussbett – die Brücken an das andere Ufer, die Badstraße, den Spitalkeller und die Tore zu Stadtamhof. Die kleine Welt lag ihnen zu Füßen. Es war alles für sie bereitet. Sie mussten sich nur hinsetzen und sich wohlfühlen und den Abend bei einem Cocktail ausklingen lassen.

„Also, wohin?“, fragte Ceriso. „Auf welchen Platz darf ich meine Schöne entführen?“

„Schwierig …", meinte Sila, „bei all den einladenden Frei-
sitzen …"

Schließlich entschieden sie sich für ein Restaurant, das an der
Donau lag. Von dort aus konnte man so herrlich auf die vorüberfahrenden Schnellboote sehen.
Diese Gegend würde ihnen noch oft Vergnügen und Behag-
lichkeit bereiten.

Am nächsten Tag, einem herrlichem Julimorgen – dessen
etwas diesige Atmosphäre die wuchernde Pflanzenvielfalt in
leichte Schatten legte –, gingen Sila und Ceriso einen Natur-
weg entlang, der hinter einer großen Rasenfläche eine hohe
Dichte hochgewachsener Bäume aufwies. Man roch förmlich
den Sauerstoffgehalt der Luft. Dieses Waldstück, das mehrere, in der Ferne gelegene Dörfer umsäumte, schien fast bis an
den Horizont heranzureichen. Eine Ecke davon war von der
herabstrahlenden Sonne hellgrün gefärbt und flimmerte so,
als habe man feinen Goldstaub darauf gesprüht, sodass ihre
beinahe geometrische Form an etwas Mythisches, ja, Un-
glaubliches erinnerte – ein Anblick, der Hoffnung erweckte
und scheues Glück.

Auch Sonnenfäden schienen in der Luft zu hängen: blasse,
dünne Gespinste aus edlem Garn. Und dann: die Vögel … sie
hatten ihre eigene Sprache. Zuweilen war es so, als ob Kinder
schrien, so laut und ungestüm tauschten sie sich aus. Meis-
tens aber vernahm man mattere Töne, denn die Brutzeit war
lange schon zu Ende, der Nachwuchs bereits aufgezogen und
die Eltern hatten sich ihrer Pflichten entledigt. Nun sprangen
die kleinen und größeren Tiere in den blatt- und nadel-
behangenen Bäumen hin und her, huschten auf den Böden
herum oder schossen wie kleine Raketen aus den Büschen
heraus, haarscharf an den Besuchern ihrer Gebiete vorbei. Es

war ihr Territorium und nicht das der anderen. Wollten sie das damit sagen?

„Zurzeit ist Vollmond, Baby, und die Welt steht still", sagte Ceriso unbeirrt. „Wenn auch nicht der Geist. Der wird nämlich zu diesem Zeitpunkt am besten befruchtet."
Weiter: „Du hast mich in eine Traumwelt gelegt, Baby.
Hoffentlich finde ich den Weg zurück!"
Er zwinkerte etwas mit einem Auge. Sein nächster Blick, der diesem scherzhaften Gesichtsausdruck folgte, war jetzt undurchdringlich und wirkte bald schon etwas unheimlich.
Starr und eisern hielt er ihn auf Sila geheftet.

Sie setzten sich auf eine Bank, die bereitstand und die von zwei mächtigen Kiefern umrahmt wurde, deren Äste sich ineinander verzweigten. Sie umfing das Paar wie ein schützendes Dach, wie eine Grotte, eine Höhle, in der sie es geborgen hielt.
Ceriso neigte den Kopf etwas schräg.

„Willst du wissen, was ich nehme, was es ist?
Nicht irgendetwas, Baby, nicht irgendeine Droge …
Es ist Heroin.
Ja, Baby, und wenn ich dich nicht getroffen hätte, so hätte ich mir den goldenen Schuss gesetzt, so hätte ich mir gegeben, was wohl meines Körpers und meiner Seele Wunsch gewesen war: den Tod.
Ja, es wäre eines solchen Ablaufes gleichgekommen.
Und alle, die dieses verfluchte Zeug konsumieren: Sie gehen alle denselben Weg.

Es ist verdammt!

Ja, ich bin ein Todessüchtiger, ein nach dem Himmel Greifender, den die Sehnsucht nach den Wolken in den Ruin treibt, zerstört. Nur ein Flugzeug nach oben ...", er zeigt zum Horizont, „das hilft mir nicht. Ich selbst will fliegen! Doch man bringt mich nicht hinauf! Dort oben will ich sein, weil mir das besser erscheint."

Sila erschrak.
Sie erschrak zutiefst.
Sie war in keinster Weise in ihrem Leben mit Drogen dieser Art konfrontiert gewesen – schon gar nicht mit Heroin. Ja, sie hatte in ihrer früheren Jugendzeit ein paar Jungen gekannt, die Haschisch genommen hatten – so wie es zu dieser Zeit üblich gewesen war – beinahe schon en vogue. Sozusagen hatte man sich damit die damals herrschende Musikszene schmackhaft gemacht und garniert ... Und sie hatte diesen damals flüchtigen Bekannten oder auch nur kurzzeitig bei ihr verweilenden Freunden Ratschläge erteilt, wie es ihnen möglich sein könnte, von diesem nicht ungefährlichen Weg loszukommen und sich anderen sinnvolleren Tätigkeiten zuzuwenden. Sie selbst war frei von jenen Obsessionen geblieben, die zu Haltlosigkeit, Suchtverhalten und Orientierungslosigkeit führen konnten. Sie war sich darüber im Klaren gewesen: Dies sollte nicht ihr Leben sein.

Was nun Ceriso anbelangte, so war sie nicht unwissend in diese Freundschaft geschlittert. Er hatte sie auch am Anfang ihrer Beziehung, als sie sich in der kleinen Café-Kneipe vertrauensvoll gegenüber gesessen waren, darüber informiert, dass er sich in einer Abhängigkeit befinde, die schwer sei und zum Teil nicht mehr von ihm zu kontrollieren. Sie hatte ihn nicht gefragt, hatte keine Details heraufbeschworen und seine Andeutung nicht zu Ende verfolgt. Sie dachte an Barbiturate oder Ähnliches oder vermutete doch vielleicht nur eine Einstiegsdroge.

Sie glaubte auch, sie würde ihm, Ceriso, schon helfen können – mit viel Geduld und Liebe. Sodass ... Es verhielt sich wie eine Herausforderung für sie, der sie mit Umsicht zu begegnen wüsste. Sie war zuversichtlich gewesen. Sie würde das schon schaffen.

Nun also: Heroin.
Trotzdem: Ihre Zuversicht ließ sich davon nicht beeindrucken. Man würde gemeinsam einen Weg finden aus dieser vertrackten Situation.

Über diesen Gedanken und Überlegungen war die Sonne nun gänzlich aufgebrochen und beleuchtete mit ihrer bahnbrechenden fatalen Helligkeit den Horizont von innen, schob den leichten Frühnebel beiseite und ließ eine türkise Farbpalette in sämtlichen Schattierungen und Variationen zum Vorschein kommen. In einer kleineren entfernten Feldpartitur konnte man einen dunklen, fast schon in Schwarz-Rot gehaltenen Klatschmohn erkennen, der Sila an den Pyjama ihres Geliebten erinnerte – ein Tuch aus hauchdünner feinster Seide, das seinen Körper und seine etwas knochige Statur umknisterte und umwickelte. Eine seriöse zarte Eleganz, mit der er ihr oftmals gegenübersaß – beim Kaffee und nach dem Akt der Liebe.

Sodass dieser gebündelte Mohn und die Art, wie er da am Felde stand, zugleich die Wollust und die Triebhaftigkeit heraufbeschwor. Dass diese in das Feld eingewirkten schon etwas nachgedunkelten Sommerblumen jäh alle hocherotischen und sinnlichen Erlebnisse in ihre Sinne zurückriefen, so als sei sie selbst berauscht und verwoben in eine tiefe

Abhängigkeit. Ja, sie konnte ihren Geliebten verstehen. Die Natur hatte ihr sozusagen mit einem Male die ganze indifferenzierte Wehmut aufgezeigt, an der man kentern und straucheln konnte.

Sie leckte sich die Lippen mit der Zunge und bot ihm ihren Mund zum Kuss, ihm, der nachdenklich, mit der Hand sich leicht das Filou-Bärtchen zupfend, neben ihr saß.

Danach wollte er seine Erklärung zu Ende bringen und fuhr fort: „Ich bin kein Materialist, Baby, und selbst, hätte ich die Anlage dazu, so habe ich es versäumt, nach diesen schnöden Sternen zu greifen. Und, was hat der Kapitalismus mit den Menschen gemacht und denen, die sich ihm zu Füßen werfen? Dieser Charakterzug bringt Neid und Verzweiflung mit sich. Und doch – seltsam – streben alle nach Geld. Selbst die Denker und Philosophen – oder die sich solche nennen – sie streben alle nach Reichtum oder nach der Macht. Zugegeben – auch die Reputation spielt eine Rolle. Man will sich einen Namen machen, zu Ansehen gelangen. Wer will schon unscheinbar durchs Leben gehen? So werden sogar Kriege inszeniert, um in der Welt etwas darzustellen. Keine Schlechtigkeit ist zu gering. Kein Einfall zu nieder. Nein, es gibt keine Auferstehung. Der Geist lässt sich nicht reformieren.

Der Mensch an sich … Er taugt nichts.
Wieder andere pflegen das Gute, opfern ihr Leben dafür.
Es macht sie zufrieden, wenn sie helfen können.
Vielleicht so wie du?“
Sila verneinte: „Ich bin nicht nur hilfsbereit. Es ist auch die Liebe, die ich suche!“

„Auch den Sex!“ Ceriso ruft dies extatisch. Den hat er mit ihr schließlich ausgiebig schon erlebt.

„Auch!", antwortete sie ehrlich, um ebenso leidenschaftlich zu ergänzen: „Auf jeden Fall!"

Hohe schlank gewachsene Gräser befanden sich am Rande einer vorbeiführenden Straße ... auch Brennnesseln und zarte Wicken in weißlichen Farbtönen, als sie den Rückweg nahmen. Man vernahm die Geräusche von Fabriken, die sich unweit dieser unberührt zu sein scheinenden Natur befanden: ein Abliefern von Waren und das Rattern von Containern, die über die Pflaster holperten. Die Stille wurde auch von vorüberfahrenden Autos blockiert, die den Tag mit ihren aufheulenden Motoren und der aus ihren heruntergekurbelten Fenstern fallenden Radiomusik zerschnitten.

Unterdessen schritt das Paar ungeachtet des blauen Horizonts, der sich über ihm wölbte, in einen Nebel des Ungewissen, so, als ob sich mit dem Ergreifen ihrer Verbindung gleichzeitig auch ein Fragezeichen aufgetan hätte.

Ceriso wurde ernst: „Ich bin trocken zurzeit, Baby!", vermeldete er. „Es ist so ... tatsächlich, dass ich meine Sucht, seitdem ich dich kenne, besser im Griff habe. Oder wird das ein Rückfall?"

Den letzten Satz murmelte er.

„Natürlich nicht!" ... das war Sila, hart: „Dabei bleibst du!"

Er: „Ich weiß nicht: Es war so oft schon, dass ich glaubte, ich hätte die Dämonen besiegt und schließlich war ich doch nicht stark genug ... erfolgreich – oder wie soll man sagen?" Weiter: „Mein Gott, was ist das auch manchmal für eine Plage, dieses Leben! Nicht jeder ist dafür geeignet! Dieser ganze Alltagskram ... die Behördengänge ... Allein schon die Busse, die einem davonjagen, wenn man einmal nicht auf die Minute pünktlich ist!"

„Die Autofahrer haben doch ähnliche Probleme!" Das ist sie, trocken: „Die Suche nach einem Parkplatz und er muss auch noch passend sein für den Wagen. Das ist doch manchmal zum Haare raufen! Das habe ich doch alles schon erlebt. Du wartest und wartest! Jeder hat eine Plage und gehörig Ärger im Leben! Da bist du doch nicht alleine!
Ich weiß auch gar nicht, warum du manche Probleme so hochstilisierst! Sei mir nicht böse, dass ich das so knallhart feststelle!"

Worauf Ceriso: „Und auch die politischen Auswüchse! Das sind doch so düstere Zeiten! Wo gehen wir denn alle hin? Wie Gespenster verfolgen die mich und treten mir auf die Füße. Wohin ich mich auch begebe, und was ich auch anfange: Die schlechten Nachrichten aus aller Welt bereiten mir Sorgen. Ich bin umgeben von Spuk."

„Das ist deine erkrankte Seele. Du siehst alles zu dunkel. Wenn auch, du hast nicht ganz Unrecht. Auch mir ist häufig angst um unser Dasein. Doch was soll man tun? Sich wegrichten ist keine Lösung! Das ist wie weglaufen. Besser: Man bringt sich in die aktuellen Diskussionen ein, stellt sich den Umständen und versucht, den Menschen Hinweise und Lösungen anzubieten. Oder: Beten hilft auch! In den Klöstern, in denen sich höchstphilosophische Dienende aufhalten, wird so viel für die Menschheit gebetet und das Gute praktiziert. Nicht zu verachten, diese Unterstützung! Ich bin sicher, dass sie eines Tages hilft und uns auch schon oft vor größeren Miseren und Misserfolgen bewahrt hat.

Wie gesagt, Ceriso – die Finsternis deines Gemüts ist eben auch eine Folge deines Drogenkonsums."

„Ich weiß, ich weiß! ... Doch, momentan ist in mir eine Hoffnung, eine Zuversicht! Weiß Gott, wann hatte ich jemals so eine lichte Stelle in meinem Leben. Es ist ja fast schon so, dass ich durch einen düsteren Tunnel gewandert bin und jetzt sehe ich die Helligkeit – im Moment zumindest. Ich versuche dabei zu bleiben, Baby ... Denn jetzt gibt es dich!"

Sie nahmen ein paar tiefe Atemzüge frischer Luft, die ihnen die Atmosphäre wie aus einem Zauberbecher reichte.

Als Sila am nächsten Morgen erwachte, lag sie auf ihren verschränkten Händen, mit dem Kopf auf den nach oben gekehrten Handflächen, die sie fest auf das nur dünn gefüllte schmale Kopfkissen drückte. Es war eine abwartende Form des Schlafes gewesen: verhalten. Oder hatte sich das erst am Morgen so gezeigt? Wohl war das ein Versuch gewesen, sich zu entspannen. Oder war das die Schlafhaltung der Denker, der Philosophen?

Im Frühjahr hatte der Specht an den Holzvorbau des Daches geklopft. Manchmal stundenlang. Jetzt war alles still. Sila blickte aus dem Fenster. Wie am Tage zuvor war draußen wieder leichter Frühnebel – einer der sanften Art. Auch war die Luft wieder ein wenig schlierig, wie von einem feinen Gespinst umwirkt. Dieser zarte Dunst umhüllte die Pflanzenpracht und ließ Tauperlen auf der Wiese schwimmen, die aussahen wie geweinte Tränen und in denen erste zaghafte Sonnenstrahlen schimmerten.

Sila kleidete sich an. Mit nur einem leichten Sommerkleidchen, das ihre Figur umschwang und auf das zarte hellgelbe

Blüten und ein sich verzweigender matt bräunlicher Ginsterstrauch gemalt waren, machte sie sich auf den Weg zu ihrem italienischen Geliebten. Sie trug kleine helle Handschuhe aus Häkelgarn. Ihre Aufmachung war mädchenhaft und romantisch. Als sie über seine Türschwelle trat, freute er sich auch sehr, sie so zu sehen. Er sah ihr aber ihre Erschöpfung auch an und bot ihr heißes Wasser mit Zitrone an, um ihren leichten Kopfschmerz, über den sie klagte, zu vertreiben.

Sie befand sich in einer Art Katerstimmung.

Nachdem sie innig zusammen waren, rann kühler Schweiß über Cerisos Stirn, über seine Wangen und tropfte auf ihre Brust, auf der er ein leichtes Brennen hinterließ.

„Der Schweiß ist ein Geschenk der Götter," murmelte er: „Wenn die Hitze im Körper auf unerträgliche Art zunimmt, so haben wir ein Ventil."

An welchen Orten würde man sich wiederfinden?
Man wusste nicht, wo die Gemächer sind.

Am Tage darauf lud Ceriso Sila auf den Gepäckhalter seines alten Fahrrades. Sie nahm sozusagen auf dessem Rücksitz Platz. Angesichts des holprigen Pflasters in der Innenstadt, die sie mit dem Gefährt durchquerten, und auch der Tatsache, dass ihr Geliebter darüber hin und wieder leicht ins Schlingern kam, wurde ihr schon etwas mulmig, aber er behielt alles souverän und locker im Griff, meisterte alle Fallstricke des alltäglichen Straßenverkehrs mit Bravour.

Nachdem sie ihr Fahrrad am Haidplatz angekettet hatten, und nach einem kurzen Bummel – die Rote Hahnengasse hinauf, vorbei an diversen Trendlokalen – weiter: die Ludwig-

straße entlang, über den Arnulfsplatz und wieder zurück …
suchten sie eine Eisdiele auf in der Gesandtenstraße, um sich
dort einen großen Becher Amaretto-Eis zu bestellen, der mit
einem kleinen japanischen Schirmchen aus Pergamentpapier
serviert wurde. Dazu tranken sie einen Espresso coretto.
Die Wände des Lokals trugen venezianisch aufgemalte Moti-
ve, die Romantik erweckten und Sehnsucht nach der Ferne.
Ein Gondoliere etwa war da zu sehen oder der Canale Grande. Die Tischchen waren dunkelrot samten aufgepolstert mit
aus dem gleichen Stoff bezogenen Knöpfen. Den Boden bedeckte ein heller Stein. Der Zucker, den das Pärchen entblät-
terte, war in dreieckige Tütchen gewickelt. Daneben lagen ein
Stück Schokolade und ein Karamellbonbon.

Der Besitzer hatte phantasievolle Namen für seine Eiskrea-
tionen gewählt, so etwa „Blaue Mandel" oder „Erdbeerher-
zen" oder auch „Weißer Champagner".

Sila fiel ein italienischer Ausspruch ein: „Mi ama et tocco un
cielo con un dito!"

Sie küssten sich: nass, feucht, die Münder etwas kühl.
Sie lachten.
Durch das große Fenster des Lokals, am Eingang, war jetzt
eine Gruppe von Leuten zu sehen, die sich alle ihr Eis holten,
und wie sie es leckten und genossen und damit weiterzogen.
Kinder waren auch dabei. Sie konnten es kaum erwarten, die
kleine Speise in der Hand zu halten, und zappelten ungeduldig mit den Beinen herum.
Ceriso trug an diesem Tag eine dreiviertellange weiße Lei-
nenhose und einen geflochtenen hellbraunen schmalen Ledergürtel um die Taille, dazu ein Shirt in gleicher Farbe mit
breiten aquamarinblauen Blockstreifen. Er sah aus, als käme
er aus dem Modehaus Gaultiers.

Silas Haar war mit einem gelben Stirnband gebändigt. Es war das Gelb der Sonnenblumen und die Farbe überreifer Zitronen ... das Gelb der Sterne, die am nachtdunklen Abendhimmel blitzten und das Gelb der Markisen, die sich an diesem leuchtenden Sommertag an der Außenseite der Lokalität über den Gehweg spannten.
Oder war es die Farbe entfernter Meere, die unterm Abendrot goldfarben schimmerten?

Vergleichbar mit den Geschehnissen der Literatur, gegen Mitte des 20. Jahrhunderts, um 1965. ... hätte Sila vom Typ her ‚Lolita‘ sein können – sündhaftes Nymphchen – aufreizende Romanfigur Nabokovs, des weltberühmten russischen Meisters ... in die passionsreiche flüchtige Flatterhaftigkeit und Turbulenz der Gegenwart versetzt. Doch, freilich, war sie, im Gegensatz zu jener, von wissender Unschuld und kannte ihre Unbedarftheit erhebliche Grenzen.
Und, wer war er, Ceriso? War er etwa ein Narziss gehobener Melancholie, gefangen in der Aura von Scherben eines gebrochenen Lebensspiegels, in dem es sich nur unscharf ausnehmen und erkennen ließ?

Die Phänomenologie ihres Verhältnisses bestand schließlich unter Anderem auch darin, dass sie, Sila, sich ihm, Ceriso, ja nicht nur in blindem Unverstand unterwarf, vielmehr, gemeinsam mit ihm in den verzehrenden Schlund ihrer tiefen Leidenschaft hinabstieg, um sich aus ihr zu nähren und ihre Triebe zu besänftigen. So konnte man ihr momentanes Leben bezeichnen oder vergleichen mit einer knisternden Fleurette, etwa, einem krepparttig-seidigem Stoff, der sich reptilartig um sie zu schlingen schien, sich ihrer zweifellos bemächtigte und sie gehörig umhüllte. Ihr Dasein zu diesem Zeitpunkt, war gewissermaßen leicht und schwer zugleich. Aber lägen auch eine Dekadenz darin, ein Verfall, ein unlösbarer Abgrund, die sich vor ihr auftäten, so würde sie sich schon zu retten wissen, so vermeinte sie, so wie man sich aus jeder Lebensschlinge ziehen könnte, wenn man das nur ernstlich beabsichtigte.

Gleichwohl: Sie wollte bezaubernd sein. Schöne Kleider tragen und etwas Schmuck – vielleicht mit einem Naturstein, der um den Hals herniederhing, oder einer Perlenkette in einem weißlichen Cremeton, die an Cerisos gepflegte Zähne oder auch an das Häubchen eines Cappuccinos erinnerte. Ja, Perlen, man konnte im Bett so wundersam mit ihnen spielen und er, ihr Liebster, wie würde er das genießen!

Im Übrigen … die Spontanität und die verrückten Einfälle Cerisos, aber auch Silas Eifer und ihr frischer Mut hielten das Pärchen auf Trab. Sie bereuten es nicht, sich zu kennen, und waren von tiefer Liebe zueinander ergriffen. Kaum ein Tag, an dem sie sich nicht sahen und ihre Verbindung bestätigten. Es reichte schon ein bestimmter Geruch oder ein Blick zum Fenster auf eine Landschaft und der Körper verfiel in Sehnsucht und freudige Erwartung.

„Io sono Italiano …", hatte er unlängst zu ihr gesagt. „Und wie oft im Traum weile ich neben den Flussgottheiten, von nackten Nymphen umgeben, am Fontana Pretoria in der Hauptstadt Palermo. Oder verneige mich vor der wunderschönen Basilika San Francesco d'Assisi.

Palermo – die pittoreske Schönheit verblichener Zeit – wo neben Edelpalästen halbverfallene Gemäuer und Gebäulichkeiten zu bestaunen sind. Eine Stadt, die vor opulenten Sonnenuntergängen in eine glutrote Traumkulisse verwandelt wird. Dort kannst du neben vielen anderen Spezialitäten das Pizza-Brot Sfincione genießen oder dir die verführerischen

Cannoli vorlegen lassen, in die Ricotta gelegt ist. Die in der Stadt befindliche Kathedrale Maria Santissima war sogar einmal innerhalb des jahrhundertealten geschichtlichen Verlaufes eine große Moschee. Man hatte sie, den religiösen Ansprüchen der damaligen arabischen Bevölkerung gehorchend, zu jener einfach umgebaut.

Über alledem nicht zu vergessen: ein Besuch der archaischen Märkte Mercato di Capo und La Vucciria!

Nichtsdestotrotz empfiehlt es sich, aufzupassen, nicht in die Hände der Mafia zu gelangen, die in solcher Art von Großstädten ihr Unwesen treibt – oder ein Opfer zu werden des nahezu unbewältigten chaotischen Straßenverkehrs.

Des Weiteren besuche ich liebend gerne in meinen schönsten nächtlichen Vorstellungen: sonnendurchflutet, das Tal der Tempel bei Agrigent. Und, hast du jemals die dortige bunt bemalte Treppe der Via Neve erklommen, auf der dir Freisinn und Pluralismus entgegenwehen? Und, warst du jemals im griechischen Teatro Greco in Taormina? Und nicht zuletzt erscheint vor mir das Städtchen Catania, das trotz allen erlittenen Unbills – ich denke da an Lavaausbrüche und Erdbeben – immer wieder auferstanden ist. Dort kannst du während einer Reise der Jetztzeit die typische landesübliche Speise Pasta al nero di sepia genießen und vielleicht als Digestiv dazu: das weltberühmte Likörchen der Hafenstadt Marsala."

Und Cerisos Augen leuchteten beseelt und glücklich auf bei diesen Worten, und er fing Silas Blick auf, der ihm dieses innere Strahlen bestätigte.

Bei ihrem nächsten Treffen lief er barfuß durch das Zimmer. Ein Philosoph ohne Schuhe.

„Ich trete eine Reise an", sagte er. „Und … was ist daran so Besonderes? Früher oder später begeben wir uns alle auf diese Art von Reise. Mir ist nicht klar, was es sich darüber aufzuregen gibt. Es ist doch nur scheinbar so, dass wir leben. Ja, es stimmt, wir sind da. Doch zu einem früheren Zeitpunkt haben wir vielleicht auch schon gelebt, uns gewaschen, geduscht am Morgen und eingecremt und so fort. Nur dass sich unser Bewusstsein darübergelegt hat und momentan unsere damaligen Erfahrungen vor uns verbirgt. Aber möglich, dass wir wieder eintauchen, quasi zurückkehren in diese einst zugebrachte Zeit, um uns erneut wieder in ihr zu befinden und das, was wir erlitten oder auch an Freuden erfahren haben, zu wiederholen.

Möglicherweise geschehen diese Zeitsprünge häufig, ja sogar mehrmals, nur … wir haben keine Ahnung davon. Sodass wir viele Leben leben, vielleicht sogar mehrere gleichzeitig, eventuell sogar Tausende Male auf der Welt sind. Einmal hier und ein anderes Mal da."

Sila: „Deiner Schilderung entnehme ich buddhistische Anklänge. Dieser Tod und dann die Wiedergeburt: ein Tier oder ein Mensch, gelegt in verschiedene Zeitzonen, in ein temporäres Gefilde gespannt, das seinesgleichen sucht. Mit anderen Worten unser Dasein: eine Fata Morgana aus Zeitfeldern und Überfrachtungen. Da soll einen nicht die Melancholie überfallen?"

Sie lächelte nun. Er aber fuhr fort: „Die Sehnsucht treibt mich dahin wie ein wildes Tier der Wind."

Er trug ein Kettchen um den Hals mit einem Amulett, und dieses Schmuckstück war so fein, dass man Angst bekam, es könnte zerreißen unter seinen Worten.

Sie setzten sich um das kleine Tischchen und aßen Joghurt-schokolade mit Erdbeergeschmack. Silas hatte Kekse geba-cken und diese mit Schokoladenstückchen dekoriert – ein Gebäck, das so butterweich war, dass es im Munde schmolz. Sie warf ein aprikot-farbenes Negligé über, das sie ihrer Ta-sche entnahm. Ihre Wäsche darunter war blütenweiß, ver-brämt mit einer zarten Spitze. Und dann war da noch die Rede von einem Asti Spumanti und Cerisos Augen waren so dunkel wie die tiefroten Kirschen die wie blutige Tropfen an den Bäumen hingen. Dann fiel da noch ein Vogelgesang von draußen herein – wie Geigentöne von Musikinstrumenten, deren Saiten durch Wetzen mit den Fingerkuppen höchste Oktaven entlockt wurden: so überirdisch schön und so hell wie der Gesang von Meereswellen, die sich an den Klippen reiben.

„Du bist schön wie Nofretete!"
Er streichelte ihr Antlitz.
„Ich befinde mich in einem ägyptischen Wahn."
Er drehte ihren Kopf ein wenig zur Seite: „Siehst du … da und da …", flüsterte er, ihr Profil betrachtend. „Deine Ge-sichtszüge haben etwas Klassisches. Ich fühle mich in die göttliche Antike versetzt. Du weißt, dass ich alle Sagen und Wahrheiten um sie herum so sehr liebe.
Oder hat deine Kopfform etwas Indogenes?
Ich denke da an deine breite Stirne …" Er streifte behutsam über eben diese Stelle, zog sie zu sich heran.
Und dann: „ … der Schnitt deiner Augen …"
Er bedeckte beide mit innigen Küssen.

Was kam, schien wie ein endloser Akt zu sein, eine Liebes-seance, die alles besiegelte und gleichzeitig wieder herauf-beschwor, von der man ahnte, dass sie ohne Ende war und auch kein Ende nahm. Wie die Brandung eines Ozeans: wild, ungebrochen und unersättlich. Als würde von ihrer beider Körper nichts mehr übrigbleiben, nichts, als der helle Ton der Knochen, auf denen ihre Leidenschaft spielte, als würden sie gemahlen zu Staubkorn, zu Mehl und zu Sand.

Am Ende saßen sie sich gegenüber bei einem Chianti und sahen sich tief in die Augen.

Ceriso warf den Kopf zurück.
Er lachte: „Auf unsere große Liebe! Per sue nostra grande amore!"

Der Wind ließ die Fensterläden klappern.
Ein Hund bellte.
Es war der Hund eines Nachbarn in der darüberliegenden Etage. Schließlich wurde er beruhigt, der rüde Klang besänftigt.

Die Sterne der großen Spieler ...

Nur ein Wimpernschlag … sachte und ganz leis, der durch alle Türen geht.

Ceriso trug am folgenden Tag einen Hut.
Es war der Hut der Gauchos, der Caballeros.
Es fehlte nur noch das Pferd. Oder stand es um die Ecke?
„Ceriso, wo ist dein Pferd?" Das war Sila, verzückt.
„Mein Pferd …?" Er fasste sie am Hintern.
„Mein Pferd bist du. Soll ich dich reiten? Gleich reite ich dich!"
Ob dieser Anzüglichkeit errötete sie.
„Na, na … Nicht so scheu! Das haben wir doch schon so oft gemacht!", beruhigt er sie.
Sie stellte sich ahnungslos: „Ich wüsste nicht …"
„Ah … nein? Dann werden wir das wiederholen!
Dann werden wir … Aber dazu haben wir ja heute noch ausgiebigst Zeit."
„Ihr Männer … wollt immer das Gleiche, immer dasselbe", sagte sie scheinbar maulend.
„Die glaubt dir ja doch keiner, deine Einwände", murmelte er, während er ihre Unterwäsche prüfte: das seidige Korsett unter ihrer Bluse und einiges mehr. Ja, er hatte sich schon ganz nahe an sie herangetastet, hatte nun schon einiges in Besitz genommen, sodass … Lange dauern würde dieser Tag ohne sofortige Erfüllung nicht mehr – das war klar.

Durch das Fenster am Himmel war anschließend eine Wolke zu sehen, die wie eine Treppe aussah. Eine Treppe … wohin? Auch Gänge schienen sich darin formiert zu haben.
Ein Mäusebussard, oder war es nur ein ähnlich großer schwarzer Vogel, kreiste lautlos um diese seltsamen Gebilde. Das Licht im Innenraum zeigte sich jetzt in Strichen und Fä-

den wie ein feines Gespinst. Es kletterte die Mauern hoch, lief über die Fensterbänke, fiel über sie herab, rieselte sodann quer über die Wände und musterte und punktete das ganze Zimmer. Schließlich legte sich sein Schatten wie ein Faltenwurf über eine sommerliche Wolldecke und ein paar abgelegte Kleidungsstücke. Ein Kissen auf ihrer beider Schlafstätte, das bestickt war mit einem Wappen und einem Lilienmotiv, ein edles Kissen aus Leinen in Ajour-Stickerei, wurde auf einmal in ein Dunkel gelegt, und auch Cerisos Gesicht hatte der Schatten in zwei Hälften geteilt, sodass er aussah wie ein Pierrot.

Sila erinnerte sich an ein Gespräch mit ihm, in dessen Verlauf er ihr schilderte, dass er sein Leben mit einer Schiffsschaukel vergleichen könne. Einmal befände er sich ganz oben, sozusagen auf dem Zenit – mitunter stünde er sogar Kopf – während dann wieder ginge es mit rasantem Schwung hinunter – folge gewissermaßen der auf den Flug hin gekommene Absturz. Sodass – bis er wieder in eine normale Schwingung komme, nämlich in das gleichmäßige Auf und Ab des Lebens – dies sei gar nicht so einfach.

Und so sähe er sich bisweilen, gepackt in die grell-bunten Klamotten der launigen Szenerie des Lebens, so wie ein Clown mit bemaltem Gesicht. Und er käme sich zuweilen vor, als befände er sich zwischen Buden- und Jahrmarktsgeschrei eines nichtigen Daseins.

„Weshalb nichtig?", war Silas Frage gewesen.

„Weil wir alle kleine Ameisen sind zwischen Papierschnipseln und Erdhaufen!", so seine Antwort.

„Aber wir sind nicht alle Architekten oder Schriftsteller, sonst wäre diese Ausdrucksweise gerechtfertigt", hatte sie gekontert.

„Dennoch – ich persönlich errichte gedanklich kreatürliche Bauwerke, geistige Luftschlösser und Traumgebilde …", befand er. „Burgen auf Sand …"

Diese Aussagen hatten in Sila wiederum spontan Träume von seinem Land hervorgerufen, in dem die Zitronenbäume blühten, wo es Blutorangen gab und sinnlich-erotische Blicke über das Meer – hatten ihr die ganze Kaskade italienischer Kunst und Kultur vor Augen geführt und sie hörte Pavarottis Arien erklingen, den tenore famoso, che canta alla Scala, und neben der rauchigen Stimme eines Adriano Celentano glaubte sie Past'asciuta mit körnigem Parmesan, Pizza de Napoli und Margarita, Panini und Tramezzini auf ihrem Gaumen zu schmecken – dachte sie an Oliven, Zucchero, Espresso und Ciocolatta. Und es kamen ihr auch die italienischen Mütter in den Sinn, die landauf, landab „Mamma" genannt wurden und wie sie mit Hingabe vorm Herd standen.
Und sie wähnte sich, sich am Fuße des Vulkanes zu befinden, umgeben von der heißen Glut der Leidenschaft Cerisos.
Und ihr waren Gemälde eingefallen eines Michelangelo, eines Raffael, eines Leonardo da Vinci und eines Tintoretto, die einst den Pinsel geschwungen hatten, um ihre unvergleichlichen Monumentalwerke zu schaffen.
Auch Benvenuto Cellinis Salieri war in all ihrer Pracht vor ihrem geistigen Auge auferstanden: ein Geschenk für König Franz I. von Frankreich, das Neptun, den Gott des Meeres, und Gea, die Erdgöttin, zeigt, wobei vom Manne das Salz, während vom weiblichen Part her Früchte und Gewürze verkörpert werden.
Ihr war auch die Mode eingefallen eines Capucci und eines Valentino. Sie selbst hatte eine dieser berühmten Camecetti im Schrank – eine köstliche Bluse.
Sie hatte an Palermo und Catania gedacht – auch an Schauspieler wie Sophia Loren und Gina Lollobrigida, an Vittorio

de Sica und Marcello Mastroianni. Auch Schriftsteller wie Carlo Goldoni, Leo Longanesi und Giovanni Verga hatten ihre gedanklichen Wege durchkreuzt. Und dann nicht zuletzt ein Dante Alighieri mit seiner Divina Commedia und das Schippern der Gondeln am Canale Grande …
Auch eine Vespa aus Corradino d'Ascanios Skizzen und Entwürfen hatte sie schon gefahren.

Die Frage war: Konnte er, ihr Geliebter, der aus diesem königlichem Lande stammte, dessen Kultur und Geschichte die ganze Welt inspirierten, überhaupt jemals in einem anderen glücklich sein? Fehlte ihm nicht die südliche Sonne und die Weite des Meeres, um Heimatempfinden zu spüren? War er nicht ein Fremder, in eine andere Seele gesteckt?

Ceriso ließ ihr keine Zeit zum Denken mehr.
Mit nacktem Oberkörper und einer eng anliegenden Unisex-Shorts von Puma nahm er auf dem Bettrahmen Platz, griff sich seine Gitarre und jagte ihr sein Temperament ins Blut. Bald wurde die von allen Oktaven erfasst und bespielt. Und man wähnte sich in Spanien, bei einem Flamenco. Alsdann ließ er das Instrument wieder ruhiger werden.
Er sang.
Seine Stimme war leise, spröd beinahe, etwas brüchig. Zunächst konnte man sie kaum verstehen …
Dann aber wurde sie heller im Ton, fordernd, fast verrückt.
Kapriziös, melodiös auch … wahnsinnig.
Man wollte niederknien vor ihm, sich ihm zu Füßen werfen.
Man wollte Alles, Alles, nur nicht ein ödes Leben.
Sila rang die Hände.
Der Zeiger einer Uhr tickte.
Es war die Uhr an der Wand.
Ceriso sang.

Er sang wie ein Gott.

Seine Augen hielt er geschlossen dabei.

Wie von alleine und wie selbstverständlich glitten die Finger über die Saiten.

Die Gitarre tanzte.

Es gibt Menschen, die einen wilden Tanz mit diesem Instrument, diesem Klangkörper aufführen können. Denn sie sind es selbst, die dieses vollbringen. Sodass ... das Instrument und der Mensch verschmelzen, ein gemeinsames Herz zu besitzen scheinen, eine Einheit der Seele. Dies ist allen wirklich musikalischen Menschen gemeinsam: Sie vermögen sich mit der Musik zu verbinden.

Sila saß auf dem Teppich, der heute vor dem Bette ausgebreitet war: einem ozeanisch grün-blau schillernden mit dunkelbraunen Fransen.

Sie fuhr sich durch das Haar.

Sie fing an, mitzusummen.

Ceriso und seiner Gitarre tat das gut.

Sein Blick ermunterte sie, dies weiter zu tun.

So sangen sie eine Weile im Trio: das Mädchen, die Gitarre und der Mann.

Sila war praktisch die Überstimme. Sie fügte eine andere Melodie, eine andere Notengebung hinzu, jedoch so, dass alles zueinanderpasste, sich alles ineinanderfügte.

Ceriso lächelte ob ihrer Musikalität, Er wollte ihr das Instrument daraufhin anvertrauen. Doch sie lehnte ab:

„Ich bin eher prädestiniert für meine Stimme. Eine Gitarre ordentlich zum Klingen zu bringen, habe ich schon des Öfteren probiert, aber nie so ganz geschafft. Doch mit meiner Stimme vermag ich mich sehr wohl auszudrücken. Das habe ich schon in meiner frühen Jugend bemerkt."

„Das hat sich gerade bestätigt", lobte er. Wie schade, dass hier kein Produzent ist, oder auch wie gut! Denn ich würde dich

nicht gerne an die Musikindustrie verlieren. Besser so!
Ehe dich so ein Plattenmogul entdeckt, erforsche ich lieber
etwas Anderes!"
… sprach so, legte die Gitarre zur Seite, umarmte Sila und
trug sie auf seinen Armen, auf seinen Händen zu Bett.

Er zog ihr die Strümpfe aus, die wie gepudert wirkten – mit
breiter Spitze an den Rändern – sogenannte Stand-Ups.
Dann öffnete er den Verschluss ihres sündigen transparenten BHs mit den Zähnen – befreite sie vorsichtig davon, aber
geschickt, um erneut das Spiel der Liebe zu inszenieren. Sie
spürte sein Knabbern an ihrem Rücken, das ihr wohltuende
Schauer in das Herz jagte.
„Ja Baby, es gibt viel mehr zu entdecken als unsere Talente,
du meine schönste Gitarre der Welt! Wie gerne ich auf dir
spiele!"

Ihr Blick fiel gerade noch auf ihre flaschengrünen High-
Heels, die sie vor dem Fußende neben dem Bett, vor ein paar
Stunden bei ihrem Eintritt in Cerisos Wohnung abgestellt
hatte.

Dann wusste sie nichts mehr.

Gegen Ende dieses Tages sollte es noch ein kurzes kräftiges
Gewitter geben. Dies war vom Himmel so gewollt. Man hörte
wie der Donner das Grollen vor sich her schob. Trotzdem
war es noch zu hell, draußen, um die Blitze am Horizont
zu erkennen. Die Fensterläden des Hauses klapperten. Der
Wind griff ihnen unsanft in die Flügel.
Nicht lange, dann setzte der Regen ein: zunächst ein sachter,
noch zaghaft fallender Wolkenguss, der aber in ein heftiges
stetiges Rinnsal überging.
Das Unwetter trug die Stille in das Gebäude.

Sila und Ceriso kuschelten sich eng aneinander, wie zwei Tiere, die sich in ihrer Behausung gut aufgehoben fühlen. Das fortwährende Geräusch des Regens ließ nun nach und ging in eine gefährlich wirkende Ruhe über.

Was würde als Nächstes kommen?

Doch offensichtlich war dieses Wetterszenario, dieser schräge, düstere Einfall des Himmels ausgestanden, denn durch die halb geöffneten Reihen der Rolläden schimmerten die versöhnlichen Strahlen der untergehenden Sonne.

„Das wars wohl", sagte Ceriso, um sich zu erheben und in die Küche zu gehen, wo er ein Salzfleisch vorbereitet hatte.

„Komm doch einfach mal zu mir!" forderte Sila ihn auf: „Ich kann ebensogut für uns kochen!"

Ceriso lehnte das ab. Er wäre ein Koch aus Leidenschaft. Und, ohne sie beleidigen zu wollen, er bliebe gerne bei sich in seiner Wohnung, die ihm zur Entspannung diene und zur Meditation.

Bei diesen Worten erinnerte sich das Mädchen daran, dass er geflüchtet war vor ihr, zu damaliger Zeit, als sie sich kennengelernt hatten. ‚Du wirst das später noch verstehen ...', hatte er zu ihr gesagt: ‚Ich bin ein Mensch mit einem Problem.'

Dann war es doch leicht gewesen. Denn die Leidenschaft hatte einen Schleier um sie beide gewoben wie um ein Geheimnis. Die Faszination, die sofortige heftige Zuneigung waren geblieben, wenn auch in Verbindung mit einer leicht entzündeten Angst vor der Zukunft.

Nach ein paar Wochen dieser Art verbrachten und erlebten Vergnügens und auch Verinnerlichungen schlug Sila ihrem Geliebten eine kurze Trennung vor. Sie wolle sich ihrem schulischen Lehrmaterial widmen. Im nächsten Jahr würden einige Prüfungen auf dem Programm stehen. Auch von ihm,

Ceriso, wisse sie, dass in einigen Monaten hoher Lerneinsatz gefragt sein würde. Vielleicht könnte er mit den Vorbereitungen dazu jetzt schon beginnen. Sie hätten schon mehrmals darüber gesprochen. Diesen wichtigen Zielen und Umständen müsse man nun auf jeden Fall wieder Platz einräumen. Man dürfe sie nicht vergessen.

„Was wir getan haben", lächelte er zu ihren Worten widerspruchslos: 'mandare il cervelo i vacanzi' ... Wir haben quasi unseren Geist vorübergehend in Erholung geschickt. Gelbe vollblumige Tulpen standen während dieses Gespräches in einer Vase auf dem Tischchen und das Tuch um Cerisos Hals mit Ajour-Muster wippte während seiner Worte leicht auf und ab.

„Ja, es gibt noch Tulpen", beantwortete er ihre insgeheim gestellte Frage, wenn auch jetzt nicht gerade die Saison danach ist. „Soweit sind wir schon. Schön ... oder?"

Sie nickte ob des prallen Anblicks der Blütenkelche, die immer faszinierten und nicht vieler Worte bedurften.

Sie trat an das Tischchen heran und roch ein wenig an dem Strauß.

Ein zarter Duft tat sich auf.

Er küßte sie.

„Hätten wir ein Wohnmobil ...", fuhr er danach fort: „wir würden wie Uschi Obermeier und Dieter Bockhorn durch die Prärie ziehen – in eine ferne Wildnis gepackt – von Wölfen angeheult, und die Bären würden mit uns frühstücken. Wir wären in Amerika. Sicher. Vielleicht würden wir da bleiben. Diese Weiten ... diese Vielfalt.

Das wäre mein Leben.

Ich denke da an den South Rim, wo das Gelände des gewaltigen Grand Cannyon im 90-Grad-Winkel plötzlich steil herunterfällt. Der Grand Cannyon ... in dessen Sandsteinplatten der Colorado-River auf eine Länge von 450 Kilometern eingebettet liegt.

Und ach ... die Sierra Nevada, und St. Pauls Bay und das umtriebige Las Vegas! Im dortigen „Mirage" in Las Vegas würde ich mir die Show mit den weißen Tigern anschauen, mit denen die beiden Magiere Siegfried und Roy zusammenarbeiten. Oder arbeiten die Tiger eher mit ihnen? Ziemlich gefährlich, das Ganze! Was meinst du, Baby?

Meine geistige Welt ist wie ein Wasserfall aus dem Jenseits: etwas abgehoben und elitär."

Er hob leicht ihr Kinn, um tiefer ihren Blick zu erfassen:

„Du kannst mich verstehen. Du bist so eine Frau, Sila! Allerdings ... um große Abenteuer zu erleben, dazu habe ich zu wenig Geld in der Tasche. Nicht für dieses Leben. Das andere bezahle ich mit meinen Nerven, meinem Gemüt, wie du dir denken kannst.

Er seufzte.

Schon meine Kindheit lief etwas verrückt ab.

Ich fing früh an zu kiffen. Von meinem spärlichen Taschengeld habe ich mir später auch härteren Stoff erworben. Vielleicht war es ein etwas dekadentes italienisches Kleinstädtchen, in dem ich aufwuchs und geboren wurde?

Relativ früh wurde mir schon der Griff zu Drogen vorgemacht. In meiner Umgebung waren schlechte Vorbilder. Und ich? ... Mein Leben verlief sehr bescheiden. Was die Anderen betraf, so wollte ich kein Außenseiter sein. Ich wollte dabei sein. Obschon ... eigentlich war ich ein selbständiges und eigensinniges Wesen.

Vergnügungen, wie sie die Kinder heute kennen, hatten wir nicht. Ich suchte den Austausch, die Gespräche mit Anderen, aber auch die Einsamkeit. Zuweilen gab es auch Sorgen in der Familie.

Wer kennt das nicht?

Sodass – da war die Sehnsucht auch, sich gelegentlich ein wenig zu berauschen. Das war wohl der Anfang."

Er entnahm jetzt einer Keramikschale, die sich auf dem Tischchen befand, ein paar sich verzweigende Kirschen. Mit ihnen dekorierte er Silas Ohren:

„So prall, so süß und miteinander verbunden, so sollte die Liebe sein. Eine Fügung des Lebens. Wie gerne hätte ich dir lieber eine garrofano bianco – eine weiße Nelke – überreicht, statt dir von meinem Einstieg in die Welt der Aussichtslosigkeit zu berichten. Sei il sole de ma vita! Das weißt du doch!"

Während dieses Gespräches stand die Türe von Cerisos Kleiderschrank offen und man konnte einen Blazer aus segeltuchartigem Leinen darin erblicken, den goldene Knöpfe zierten, die aussahen wie geprägte Münzen und das Portrait eines Jünglings zeigten. Daneben hing eine dunkelblaue leichte Kammgarnhose. Es fehlte nur noch die Kappe eines Seemannes mit goldenen Kordeln und einem besticktem Emblem an der Vorderseite.

„Darf ich mir das näher ansehen?" fragte sie, und weiter: „Warum trägst du das nicht?"

„Willst du mich wie Robinson Crusoe schicken auf die Weltenmeere? Eine schreckliche Geschichte, in der am Schluss dessen liebster Freund, den er ‚Freitag' genannt hatte, von Pfeilen eines wilden Naturvolkes durchbohrt wurde. Hast du diese Lektüre in deiner Kindheit auch so verschlungen wie ich? Wer wollte nicht gerne dieser Abenteurer sein – doch dann – verschlagen auf eine einsame Insel ein Vierteljahrhundert lang ohne Kontakt."

Sila: „Ich glaube, die Story des Buches wurde immer wieder aufgenommen und neu aufbereitet, wie das bei allen bahnbrechenden, wirklich unterhaltsamen Büchern eben so üblich ist. Schließlich, so möchte man sagen, bekam sie Beine und lief ad hoc um die ganze Welt. Was mir besonders daran gefällt, ist die klare Sprache des Autors. In dem Inhalt des Buches konnte ich mich nicht so sehr erkennen. So eine Reise wäre mir unter den damaligen Umständen einfach zu gefährlich gewesen.

„Ich bin Sizilianer", sagte Ceriso. Sein Haar schimmerte heute, als wäre es nass oder ein wenig von Schweiß durchtränkt. Er hatte Gel genommen.

Sila dachte an Erde und Feuer, und wie ein Vulkan Gesteinsbrocken in die Luft schleuderte und schwarze fließende Lava. Ihre gedanklichen Assoziationen gingen sogar so weit, dass sie Menschen vor sich fliehen sah vor einer gewaltigen Eruption.
Ja, wenn der Geist auf Reisen geht …

Gott sei Dank war der Tag völlig normal und sie aßen zum Abschluss Salzgebäck, das aus Hefe bereitet war und mit Sesam bestreut. Dazu gab es Rotwein „Diavolo" und Kaffee.

Ceriso trug ein blütenweißes Hemd.
'Perfetto' … würde er dazu sagen.
Sein Lächeln brach Schatten aus der Wand.

Es dämmerte bereits, als Sila nachhause fuhr.
Der Bus überquerte eine Hauptverkehrsbrücke.
In einer Kurve, links daneben, in einem Rasenstück, einer kleinen Ausbuchtung, konnte man während der Fahrt eine aufgestellte Parkbank entdecken. Ein Mann mit blonden

Haaren, die er zu einem Pferdeschwanz nach hinten gebunden trug, saß auf ihr. Er hatte eine Juke-Box neben sich aufgestellt. Er war barfuß. Um seine Stirne hatte er ein Band geschlungen: ein buntes grell-gemustertes Tuch.

Neben den Geräuschen und Intonationen des vorbeiziehenden Verkehrs und dem Gewimmel der vorübergehenden Menschenmenge feierte er sein einsames Leben.

Ja, er schien in behaglicher Stimmung zu sein. Dies konnte man an seinem Gesichtsausdruck ablesen. Dieses, sein Leben: er ließ es einfach vorübereilen auf eine spezielle, von ihm selbst gewählte Art: Im Rahmen einer Siesta im Grünen.

Wie einfach konnte das Leben sein, dachte Sila – wenn man Zeit zum Träumen hat: nur dasitzen und der Muse frönen. Ungeachtet dessen würde sie die kommenden Tage ihrer selbst verordneten Liebespause dazu hernehmen, sie produktiv und effektiv zu nutzen.

Momentan fühlte sie in sich eine große Kraft.

Nach ein paar arbeitsreichen Tagen, gegen Ende der Woche, versuchte Sila vergeblich, ihren Freund zu erreichen. Sie hatten mehrmals, am Morgen und am Abend, ein paar kürzere Telefonate geführt, um sich auf ihre Arbeit konzentrieren zu können.

Nun also meldete er sich nicht.

Sie machte sich auf den Weg zu ihm, da ihr eine gewisse Ahnung ins Herz fiel. Ging es ihm schlecht?

Gut … sie wusste, er wurde von mehreren Ärzten betreut. Eine Ärztin sah immer wieder nach ihm. Er stand dauernd mit ihr in Kontakt. Sodass sie, Sila, sich nicht einer unterlassenen Hilfeleistung beschuldigen konnte. Trotzdem fühlte sie sich Gewissens- und Ermessensentscheidungen ausgesetzt. Ihre Bedenken dahingehend hatte er jedoch stets zu verstreuen verstanden. Sie stünde keinesfalls mit einer belasteten Seele da.

Es war in letzter Zeit sehr heiß gewesen. Heute war es etwas kühler. Durch die Feuchtigkeit des leichten Nebels zog ein frischer Wind, der durchaus angenehm und beruhigend war. Das Gras war nass. Es schien jedoch nicht geregnet zu haben. Diese Erscheinung kam vom Tau, der die Wiesen durchfeuchtete. Eigentlich war es ein fantastischer Morgen – wie eine Traumfrequenz. Ein Marcel Proust hätte ihn in seinen Schriften nicht besser inszenieren können.

Doch Sila hatte sich nicht einmal Zeit genommen, ihr Haar ordentlich zu kämmen. Sie atmete tief. Was würde sie heute erwarten? Ja, es lagen bange Fragen über den Stunden, die sich vor ihr befanden, die ihr das Herz schwächten und ihr den Brustkorb zusammenzuschnüren schienen.

Als sie bei Ceriso ankam und als sie das Appartement-Haus betrat, lag darin ein leicht säuerlicher Geruch. Anscheinend hatte jemand für Mittag vorgekocht oder es hatte am Abend zuvor in einer Wohnung eine Einladung gegeben. Es war dies kein allzu unangenehmer Geruch, doch die herbstliche Stimmung in Silas Seele führte dazu, dass er sie beklommen machte und in ihr eine düstere Ahnung erweckte.

An der Türschwelle lag ein totes Tier: ein längliches Insekt – vertrocknet … leicht zerrieben und aufgelöst.
Durch ein Fenster im Hausgang vernahm man eine Stimme. Sie kam aus dem gegenüberliegenden Gebäude. War es ein Kind oder die pubertär wirkende Stimme einer erwachsenen Frau? Sie schien mit einem Manne zu sprechen, ihm etwas mitzuteilen. Oder war es ein Befehl? Sila ging weiter die Treppe hoch – eine Etage höher. Sie dachte plötzlich an prall-

gefüllte Kirschen, an frische Erdbeeren und ihre glückliche Erwartung, wenn sie ehedem hier entlanggegangen war. Bald wäre sie bei ihm, ihrem Geliebten. Ihr fielen auch lesende Frauen ein, die ein Buch in ihrer Hand hielten. Dies war ihr Roman. Den sollte ihr keiner nehmen: ihre ganz persönliche Geschichte. So wie man etwa eine Leinwand mit Farben füllt, bis sie schließlich ein Bild darstellt, eine ganz persönliche Komposition, eine Kopie der Seele, ein Gemälde, von dem man eigentlich nicht wusste … würde es gefallen? … Eine Schöpfung, so wie die Liebe. Denn Tausend Tode birgt sie und Tausend Facetten wie die Körner des Sandes am Meer: oder waren es Abertausend und Millionen?

Die Assoziation an glücklich verbrachte Stunden mit ihrem Geliebten hatte sich auf ein Mal wie ein Schleier um ihre Angst gelegt. Doch dann kam sie jäh zurück und überfiel sie erneut und zerrieb ihre Seele – eine bange Angst, die ihr beinahe den Atem raubte. Die Türe der Wohnung stand offen. Sie schob sie zur Seite. Im Inneren des Raumes lag ein Geruch von feuchter Kleidung und Schweiß, der aber nicht unangenehm war. Es war der Geruch ihrer Liebe, nur dieses Mal herber, eindringlicher.

Ein Vorhang wehte.
Das halbgeöffnete Fenster ging leise auf und zu, was ein Knattern der hölzernen Umrahmung bewirkte.
Sila stand da. Schüchtern.
Cerisos Hand winkte sie müde herbei.

Sie erschrak.
Sein Körper war abgemagert.
Man konnte beinahe jeden einzelnen Knochen sehen.
Die Augen, die sonst wie kleine schwarze Kohlen blitzten, lagen tief und verschleiert in den Höhlen.
Immer wieder ging sein Blick nach oben, während er mit ihr

sprach, um gleich darauf von den müden Lidern wieder bedeckt zu werden, sodass es aussah, als würde er sogleich in
Schlaf fallen – darunter bewegten sich aber seine Augäpfel,
die versuchten, den über sie gefallenen Lidern Einhalt zu gebieten. Ja, sie schienen hin- und herzurollen, sich rhythmisch
zu bewegen, was ihr Angst einflößte.

Er bemerkte dies.
„Setz dich zu mir, Baby! Sorge dich nicht!
Es ist nur … Ich bin auf Entzug.
Es hat mich geworfen …
So hoch!" Seine müde Hand beschrieb einen halben Meter.

„Und jetzt …?" Er seufzte tief: „Ja, ich bin wieder da."
Ein mageres Lächeln huschte um seine verhärmten strapazierten Gesichtszüge.

„Zieh deine Strümpfe aus! Es ist heiß!"

Sie tat, wie er ihr sagte. Wie eine Marionette gehorchte sie
seinem Willen. Sie legte sich zu ihm in das Bett.

Sein Körper war kalt.
Sie strich behutsam über seinen Bauchnabel.
„Ja … mach … das tut mir gut", murmelte er kaum vernehm-
bar: „Du kannst auch alles Andere mit mir machen!"

Das, traute sie sich heute nicht. Das kam ihr erst gar nicht
in den Sinn. Zu entkräftet wirkte ihr Freund und fern von
Allem. Sein Blick ging wieder nach oben und blieb an der
graugetünchten Zimmerdecke haften. Er verweilte eisern
dort, als sei er festgezurrt an diese Decke, als seien die weiß-
gestrichene Fläche und er, eins.

„Wasser" … bat er jetzt.

Seine Augen waren verschwommen. Sein Blick traf sie wie ein dahin geworfener Kuss – müde und schmerzlich und voller Begehr. Sie holte ein Glas aus dem Schrank und brachte es ihm gefüllt zum Trinken.

„Ich rufe einen Arzt!" sagte sie: „hörst du? …" fragte sie beinahe tonlos nach: „hörst du mich?" nicht wissend, ob er sie verstanden hatte.

„Neinnein … es ist schon okey!
Überstanden!
Alles!
Ich bin auf dem Wege der Besserung.
Hast du Angst, ich sterbe?

Neinnein!
Du hättest mich gestern abend sehen sollen!
Jetzt ist es ausgestanden.
Wirklich.
Alles."

Ein Schatten fiel plötzlich durch das Fenster und verdunkelte den Raum.
Ihre Stimme hatte keinen Ton.
Was sollte sie machen?
Die Situation überforderte sie.
Sollte sie hinter seinem Rücken doch Hilfe holen?
Er war krank – zutiefst.

„Es ist nicht das erste Mal, dass es mir so geht … hörst du, Baby?" um fortzufahren: „Ich bin Draußen, jetzt. Zurückgekehrt aus dem Jenseits der Droge. Wieder da. „Er kicherte

beinahe. Es war dies ein müdes gehaltloses Kichern, das auf
seinem Gesicht eine flüchtige Grimasse hinterließ.

„Fürchtest du dich vor mir? Ich bin jetzt häßlich, nichtwahr"

Sie verneinte.
Sie fürchte sich nicht.
Sie sorge sich um seine Gesundheit. Das war Alles.

Ja, sie sorgte sich wirklich aufs Äußerste, um nicht zu sagen:
entsetzlich. Sie hatte allerdings gewusst – von Anfang an –
nur ein schöner Spaziergang wäre nicht zu erwarten in dieser
Beziehung. Nun war sie trotzdem zutiefst bestürzt und be-
unruhigt. Ceriso sah ihr dieses an und versuchte, ihre Bedenken zu zerstreuen. Er fühlte ihre Unruhe: „Es ist nichts,
versicherte er: „Ich bin morgen wieder fit! Wirst du sehen,
Baby!" Er hätte im Übrigen diesbezüglich seine Ärztin bereits am Vorabend des gestrigen Tages konsultiert. Worauf
sie bei ihm vorbeigeschaut habe, um ihn entsprechend zu
medikamentieren.
Eine Kerze brannte.
Eine milchige Kerze, die ein sanftes gedämpftes Licht aus-
sandte. Sie befand sich auf dem Tisch, der heute nahe an das
Bett herangerückt war. Um sie herum hatte Ceriso auf einer
weißen Schale eine Dekoration arrangiert: aus Ahornblättern
und verschiedenfarbigen getrockneten, noch in der Schale
sich befindenden Haselnüssen – des Weiteren mit Weintrauben in Dunkelblau und einem hellen wässerigem Grünton – wohl um auf die kommende Saison einzustimmen. Da
die Früchte nicht echt waren, hatte er ein paar Kornblumen
hinzugenommen und diese auf dem großen Teller zu einem
Kranz gewunden und um das kleine Arrangement geschlungen.

Sila konnte nicht umhin, die Stirne zu runzeln – wenn sie auch die verdeckte Schönheit dieser morbiden Gestaltung nicht unberührt ließ. Doch … wäre ihr Geliebter darüber eingeschlafen, so wäre er zu einem Opfer des Feuers geworden. Doch dann legte sie ihre Bedenken beiseite.
Man konnte nicht allen Eventualitäten vorbeugen.
Vorsichtshalber aber löscht sie die Flamme.

Nach all diesen Vorfällen fiel Sila jäh die Erkenntnis ins Herz, dass sie die schwere Krankheit ihres Freundes unterschätzt hatte, ja, in letzter Zeit fast schon ignoriert.
Cerisos modisches Auftreten – seine heitere saloppe Art – sie hatte ihn beinahe schon außerhalb der Krise gewähnt. Trotz mehrmaliger ernster Gespräche, die sie geführt hatten, waren auf der anderen Seite eben auch so viele erfrischende und heitere Momente zu greifen gewesen und hatten sie sich so enormen Glücksgefühlen und komplexen leidenschaftlichen Momenten hingegeben, dass sie in eine Art Scheinwelt geraten zu sein schien, ob nun bewusst oder auch nicht.

‚Ensedia a sdraio' … ein Zurücklehnen im Liegestuhl war es wohl nicht und würde es auch nicht werden. Sie erinnerte sich an einen ironischen Satz Cerisos: ‚Man kann es drehen, wie man will – lebend kommt man aus diesem Leben nicht heraus.' Dieser Ausspruch hatte ihr ein etwas müdes Lächeln abgerungen. Trotzdem hatte sie ihm zugeworfen: ‚Das ist mir zu abgegriffen, du kleiner Philosoph!'

Als Sila an diesem Tage mit dem Bus zurückfuhr, fiel ihr Blick währenddessen auf ein höher gelegenes geöffnetes Fenster in einem an der Straße gelegenen Wohngebäude. Eine Katze saß davor auf einem Fensterbrett vor einem obskurem teilweise verdunkeltem Innenraum. War da eine Tiffany-Lampe gewesen im Hintergrund die ihre Schönheit hängend im Raum repräsentiert hatte? Man vermochte einen hell-goldenen Schimmer zu erkennen: das Blitzen von Metallteilen und diverse aufleuchtende Farbplättchen?

Die Katze mutete einen an, als ließe sie dies alles unbeeindruckt. Sie saß einzig da und schaute hinaus.

War es der zurückliegende Tag, der nun schon etwas in den Schatten lag und von dem sich die Sonne nunmehr gänzlich verabschiedete, der Sila mit weiteren Gedanken quälte? So auch diesen, dass der Mensch ansich hineingeworfen war in manchmal ungenaue Empfindungen und Gefühle, wo er doch eigentlich Klarheit behalten sollte.

Und, wie er immer wieder hineingepackt wurde in all die Absurditäten des Lebens, sodass seine Stärke zuweilen nur noch darin bestand, sich gegen diese zur Wehr zu setzen. Und, wieviel Zeit verging über all diesen unerfreulichen Vorfällen – und, was blieb?

Die nächste Zeit kümmerte sich Sila verstärkt um ihren Freund, der wieder der Erholung zuging, neue Kraft gewann und die Schatten niederhielt. Er besorgte sich bei den ihn betreuenden Ärzten weiterhin unterstützende Medikamente und sein Humor und seine Heiterkeit kehrten zurück.

Eines Abends standen sie gemeinsam auf dem Balkon. Die Sonne hatte die Wolken so beleuchtet, dass sie dahinschwammen wie große rötliche Fische.

Sila blickte auf ihre Armbanduhr: „Ich muss gehen …"
sagte sie. „Ich möchte noch ein paar Kapitel meines Lehrstoffes aufarbeiten."

„Heute noch?"

„Ja, ich habe mir das so vorgenommen. Ich weiß, das kann bis in die frühen Morgenstunden dauern, aber es ist nun mal mein Wunsch."

„Schau nicht auf die Uhr!" sagte er: „Lass dich nicht beirren von der verrinnenden Zeit!"

„Wie soll das gehen?"

„Du mußt sie anhalten – dagegen kämpfen! Dieser Fortlauf der Zeit! Diese Eile! Bleib einfach stehen!"

„Um dann? …"

„Nichts … Sei einfach da! Schläfrig, reglos. Mach es wie ein Tier! Eine Katze zum Beispiel: wie wenig sie sich anspannt. Aber dann, wenn es nötig ist hat sie all ihre Muskeln parat. Läuft ein Zucken durch ihren Körper, bedient sie sich all ihrer Möglichkeiten. Ruhe, Kraft und Energie – das ist ein Tier. Die längste Zeit erscheint es träge, fast müde von seinem Pelz, von seinem Fell umgeben. Doch, wenn es darauf ankommt …

Der Mensch verzettelt sich. Wichtige Energie bleibt ungenutzt, wird verschleudert für irgendwelche unnötigen Dinge. Dasselbe gilt für unser Gehirn. Es wird überflutet in unserer medialen übermütigen Welt. Der Geist löst sich auf. Dabei wäre unser Denken das Wichtigste in unserem Leben. Es hat Einfluss auf unseren Körper, auf unsere Umgebung, unser Schaffen, auf unsere Beziehungen. Doch die Menschen gehen leichtfertig damit um. Sie glauben, sie bekommen ihren verlorenen Geist und ihre Seele wieder zurück, die sie an zu viele Einflüsse von außen verschenken. Das geht nur sehr langsam.

Ich verstehe die Mönche, die in einer Klause leben. Sie sind geerdet. Da ist nichts, außer die Kraft ihrer Gedanken und die Luft, die sie einatmen. Ihr Dasein ist auf ein paar Quadratmeter reduziert. Ich denke an die ständigen Reizüberfrachtungen, denen wir ausgesetzt sind."

„Ich begebe mich nun auch in eine Klause", lachte Sila und legte sich eine leichte Jacke um für ihren Nachhauseweg.

Ceriso fuhr indessen unbeirrt fort: „Die Betenden sind dem Himmel am Nächsten, aber auch der Erde. Sie stellen sozusagen ein Bindeglied dar zwischen diesen beiden Polen. Und ihre Rufe des Glaubens sind fruchtbar und bewirken vieles, zweifellos."

Sila konnte nun nicht umhin, seine philosophischen Gedanken zu ergänzen: „Das Leben", meinte sie, „ist ein ständiger Wechsel zwischen Plus und Minus. Immense Kräfte, auch, und vor Allem universeller Art, wirken für und gegeneinander. In deren Verhältnis zueinander fallen oft wichtige notwendige Entscheidungen. Ein vernünftig denkender Mensch, zum Beispiel, kann durchaus die Geschicke dieser Welt lenken.

Da ist eine Maschinerie einer archaischen Kraft. Nimm Roboter her! Sie sind auf den Algorithmen einer ursprünglichen Einfachheit aufgebaut. Langsam und immer mehr werden dann spezielle Fähigkeiten hinzuprogrammiert. Schließlich findet dann so etwas wie eine menschenähnliche Entwicklung statt. Die Maschine beginnt, sich Etwas zu merken, wenn sie es auch nicht verstehen kann. Sonst wäre sie ein Mensch. Doch, sie kann Zusammenhänge vernetzen. Das Gelernte greift. In gewisser Weise, so scheint es, kann sie sogar damit eine Logik entwickeln, wie man inzwischen weiß. Damit kommt sie dem menschlichen Denken schon sehr nahe. Doch um höhere Leistungen zu erbringen, muss sie vorher mit Daten und Informationsmaterial gefüttert werden. Sonst ist sie leer."

„Bist du auch ein Robot?" scherzte Ceriso, „weil du alles so wunderbar erklären kannst?" und unterbrach ihre Rede mit einem Kuss, den sie sogleich honorierte. Sie zog ihre Jacke wieder aus, und er erteilte ihr eine weitere Lehrstunde im Bett.

Sodass … die schulischen Schriften mussten noch etwas warten an diesem Abend. Die unberechenbare Philosophie des Lebens und der Liebe hatte sie ausgebremst.

Kräuter ... Salz, Paprika und ein paar Schoten von Chili

Ein paar Tage darauf – sie trafen sich in der Stadt – kam Ceriso ihr lässig schlendernd entgegen.

Er trug ein rotes Hemd.
Ein Hemd in der lasterhaften Farbe der Dirnen.
Ein Kleidungsstück, rot wie die Sünde.
Eine Aufmachung, die an Revue-Tänzer im Moulin-Rouge erinnerte.
Ein Hemd wie eine Fahne, eine Flagge.
Ein Outfit, das knisterte und einem in der Seele gefror.

Es war das Rot der Rosen, gewisser Dahlien, der Früchte des Dornbusches bestimmter Schwertlilien und des Vogelstrauches. Es war des Teufels Rot
und das des Himmels, wenn die Sonne abstürzt vom Horizont.

Er sah darin aus wie ein Faun, wie ein Götterknabe.

Sie war gewandet in ein Unterkleid: schwarz, verheerend, mit gebrochener Spitze. Mehr brauchte sie nicht. Ohnehin hatte Mailand, hatten Rom und Paris diese Mode in diesem Sommer für tragfähig erklärt.

Es war heiß gewesen. Man dachte an den Busch des Holunders, der große schwarze Dolden aufwies – eine Frucht die üppig war und prall:
die Blutbeere des Sommers.

Ceriso umfasste seine Geliebte, umgriff ihre Taille.

Er küßte sie. Er überschüttete sie mit Komplimenten.
Ein Mann in mittleren Jahren führte einen Dalmatiner vorbei. Kinder sprangen heran. Das Pärchen nahm nichts wahr, außer sich selbst. Vor einem Zeitungskiosk standen die Leute Schlange. Ceriso kaufte sich ein Päckchen Zigaretten.

Sie nahmen Kurs auf seine Wohnung. Ceriso hatte seine junge Geliebte wieder einmal eingeladen. Man ahnte schon, dass es ein Festmahl werden würde.
Er hatte wohl schon etwas vorbereitet, denn der Duft und das Aroma eines Fischgerichtes stiegen Sila schon im Treppenhaus in die Nase. Ja, es gab Fisch auf Gemüsebett und Weißwein. Auf dem Tisch stand ein Strauß roter Rosen, passend zu seinem Hemd – rote Rosen mit etwas lachsfarbenen Rändern an den Blütenblättern – wie ein Gedicht.
Ceriso schwang den Kochlöffel. Er hatte sich eine Gourmetschürze umgebunden: eine große weite Schürze, die beinahe den ganzen Körper bedeckte.

„Wie in einem der besten Restaurants!" das war Sila. Sie bedankte sich für die Einladung und für seine Mühe, so wie sie das jedes Mal tat.
Er lachte.
Sie umarmten sich.
„Hörst du mein Herz, Baby?" fragte er: „Es klopft nur für dich!"

Sie aßen.
Es mundete köstlich.

„Du hast Seiten an dir!" ... Sie sah ihn bewundernd an.
„Ja, nichtwahr ...? In meiner italienischen Heimat nannte man mich den „Küchenmeister". Mit dem Herd umzugehen,

habe ich von meiner Mutter gelernt. Auch viele Rezepte von damals besitze ich noch. Einiges habe ich auch selbst kreiert.

Doch die schönste Speise sitzt mir gegenüber: die köstlichste und begehrenswerteste überhaupt. Und ich wünschte, ich könnte mich jeden Tag von ihr bedienen. Wie würde mir das Leben schmecken und munden!

Er holte jetzt aus dem Schrank ein paar kelchartige, schmale Gläser, drapierte sie auf einem Tablett und stellte eine hohe dunkelrote Flasche dazu: „Vielleicht als Apéritif ein Ramazotti, Gatto?"

Sie lehnte nicht ab.

Ceriso fuhr fort: „Io sono Italiano …" Weiter: „Und das wollte ich immer: eine Frau wie ein sexuelles Fegefeuer – lodernd, verrucht! Baby, ich will mit dir Pirouetten drehen auf dem Parkett der Sehnsucht!
Erinnerst du dich an Anita Ekberg, die einst nackt im Trevi-Brunnen badete? Ich bin so ein Brunnen, Baby!"

Er nahm ihr Gesicht in seine Hände: „Was hältst du von einem gelata limoni … einem Zitroneneis, das zart im Munde schmilzt? Und, wärst du auf die Idee gekommen, dass als Nachspeise eine Tirami-su im Kühlschrank auf uns wartet – dieses cremige Etwas auf Biscuitbasis?
Darf ich mich vorher kurz umziehen?"

Er verließ den Raum.
Als er zurück kam, erschien er in einer knappen Shorts aus blauer Baumwolle mit einer Lila-Nuance und in einem Trägerhemd, das verwegen seine Taille umspielte. Auf dessen

Brusttasche war das Emblem eines Wildtieres aufgestickt. Um seinen Hals flatterte ein Tüchlein von Hermés.

Während sie, Sila, hatte helle milchfarbene Luftschokolade mitgebracht, die sie in eine Schale einbröckelte. Sie hatte auch ein kleines Geschenk für ihn. Aber das wollte sie ihm erst nach dem Essen geben. Ceriso war bester Laune – parlierte und erzählte von seiner Vergangenheit:

„Die Sonne und das Meer und der Sand ... Warum will der Mensch all das immer wieder haben? Liegt vielleicht auch eine Todessehnsucht darin und die zusammengefasste Existenz des Lebens überhaupt, wenn die Meereswellen an die Felsformationen der Küsten schlagen, sie im Laufe der Zeit verformen und ihre Gestalt verändern, und sich die elementare Urkraft des Wassers mit der Seele des Menschen verbindet – sie hinabsteigt zu dessen Tiefen auf des Schöpfers höchstem Wesensgrunde?

In meiner Heimat liebten wir den Straßenstaub und das einfache Leben. Wir sogen die schlechte Luft, die die alten Benzinkisten, die an uns vorbei fuhren, ausstießen, sogar noch tief in unsere Lungen ein. Nichts ... so schien es – nichts konnte uns zerstören. Wir waren jung."

Cerisos Shorts konnten das, was sich in ihr befand, während dieser Worte kaum vernünftig verbergen: so prall, so üppig war der Inhalt – wie eine überquellende Frauenbrust, die sich in einem knappen Mieder präsentiert. Er sah aus wie ein männliches Sexy-Modell in Unterwäsche.

Während Sila sich diesen Beobachtungen nicht entziehen konnte, fuhr ihr Geliebter, ohne sich dessen bewusst zu sein, in seiner Rede fort:

„Wir trugen zerschlissene Leinenschuhe. Wir tanzten damit so manchen Abend lang. Ja, wir hatten manchen Krug, In dem Vino bianco oder Vino rosso sich befanden, geleert. Und, wir umfassten unsere Schultern und wir sangen: 'Marina, marina, marina' ... und wir gaben uns der Sonne hin. Und unsere Gesichter erzählten von Freiheit, Abenteuern und frohem Mut. Wir waren Helden des Alltags, ganz ohne Schnörkel und Zier, und die Passanten stimmten in unsere Lieder mit ein, und die, die uns zur Seite saßen. Und zuweilen war der ganze Platz voll Musik. Auf der einen Seite vernahm man den hellen Sopran der Jugend, auf der anderen den gesetzten Barriton des Alters – diesen Bass, dessen melancholische Schwingung – der sich gebrechlich anhörte, etwas zitterig, heiser, verlegen auch, aber auch schonungslos und gewaltig.

Famoso! Und auf den Tischen: die dickbauchigen Krüge und vollwandigen Becher, in die permanent eingeschenkt wurde. War ein Gefäß leer, rief man nach einem anderen.

Das war ländlich-bäuerliches, wenn auch ärmliches Leben: vor rustikalen Mauern, auf den Gehwegen der Straßen – vor den Kneipen und Trattorias. Die schwieligen Hände der Arbeiter lagen endlich still – nach getaner Arbeit – in deren Schoße, oder unterstrichen mit müden beschwichtigenden Gesten, das, was aus ihrem Munde zu hören war. Manche waren stumm, hörten einfach nur zu. Wieder andere ließen nach getaner Arbeit, nach erledigten Verrichtungen die Tage heiter ausklingen und jagten mit gedämpften Stimmen ihre Lieder bis zum Mond, bis die Sterne ihre funkelnden Blitze hernieder sandten und auf die nachtdunkle Gesellschaft streuten – sodass jeder am Ende einen solchen Lichtstrahl in der Hand hielt: staunend und beinahe ungläubig.

Ja, wir waren high, so high, Baby, dass wir mit unserer Unbekümmertheit, mit unserer heiteren unbeschwerten Verdammnis in den Himmel flogen – wie kleine Kometen mit der forschen Kraft und Energie unserer frühen Tage.

Natürlich gab es auch in Süditalien reiche Leute – den einen oder anderen Bungalow mit Blick aufs Meer und höchst herrschaftliche Häuser, in denen die feinste Gesellschaft zu verkehren pflegte. Vielen von ihnen war gemeinsam, dass sie herzlich waren, zupackend und zielstrebig. Die Bäume und Sträucher in den Gärten jedenfalls wurden sorgfältig umpflegt, regelmäßig geschnitten, und sicher befand sich in den Kellern guter Wein – vielleicht sogar noch handverlesen.

Was soll man sagen? Ein Maßanzug allein muss nicht zwangsläufig bedeuten, dass darin ein schlechter Mensch sich befindet. Im Gegenteil: Oft ist die Hilfsbereitschaft hier besonders stark ausgeprägt. Und auch, das sollte man nicht vergessen … wieviele Entbehrungen sind manchmal nötig, um sich ein großes finanzielles Polster zu sichern? Das wissen wiederum nur Diejenigen, die dafür geschuftet haben. Von den Erben braucht man nicht zu reden. Das ist ganz einfach Glück. Oder ist – in eine reiche oder eventuell auch adelige Familie geboren zu sein, um dort aufzuwachsen
eher ein Unglück? Wenn man bedenkt, wieviele Richtlinien und Regeln im Laufe eines solchen Lebens einzuhalten sind, und wie sehr man der Strebsamkeit und einer gewissen Etikette einer solchen Gemeinschaft unterworfen ist und ihr unterliegt.

Ohnehin kann man das Leben nur leben.
So oder so.
Die armen Reichen und die reichen Armen!
Nimm das Märchen von „Hans im Glück", der sich all seiner

Habseligkeiten entledigte und am Ende auch des Mühlensteines, der schwer auf seinem Rücken und seinen Schultern lastete! War dieser das Gewicht der Sorgen? Oder symbolisierte er am Ende sogar eine schwere materielle Last? Schließlich war er frei und zog trällernd in die Welt hinaus."

„Der Mühlenstein könnte auch eine schwere Droge sein", meinte Sila.

Ceriso ließ diesen Einwurf unbeantwortet.

Während ihres Heimweges – an diesem Abend, ehe sie mit ihrem Bus nachhause fuhr – war Silas Blick ein wenig auf ältere Menschen gerichtet, die einst wohl sehr hübsch gewesen waren. Das konnte man noch feststellen; ehe sie die Traumatisierung des Alters geprägt und sie diese herb erlitten hatten, und die an ihren Knochen, an ihrer Art, an ihrem Gemüt zerrte.

Wieder andere gingen enthusiastisch und flott einher, betörend gewandet in taillenkurze feine Blousons oder in Windjacken in zarten Farben. Die Kombinationen oder Anzüge, die sie trugen, waren gut geschnitten und präsentierten sich in edlen Garnen und Farben. Beigetöne, ein leuchtendes Weiß oder auch Dunkelblau herrschten vor. Einzelne wagten auch ein strahlendes Ultramarinblau. Die Krawatten waren zuweilen ungewöhnlich gemustert. Sie glichen feinen Schmuckstücken. Die Körper dieser Menschen wirkten fit, elegant und durchtrainiert. Askese prägte ihre Gesichter und sie führten eine Mode vor voll Lässigkeit und herber Nonchalance.
Ihre Augen blitzten.

Ach, wie himmlisch ergänzten jene das Straßenbild: mit ihren flachen Slippern oder Schnürschuhen aus feinstem Leder in schwarz glänzenden oder auch blauen und braunen Tönen – Halbschuhe, die mit Lochmustern versehen waren, oder auch italienisch verspielt wirkten, romantisch – mit Lorbeerblatt-Motiven oder einer angedeuteten Traubenranke. Sehr reizvolle Modelle – etwa aus Sizilien? Manche Sakkos waren aus edlem Leinen, die Schals dazu aus transparenten Stoffen … die leichten Pullis aus Streifendekoren.

Gerade die gedeckteren, die genügsameren Farbtöne boten einen abwechslungs- und kontrastreichen Hintergrund zu den belebten knalligen Outfits sehr junger Leute. Es war nicht abzustreiten, dass Gegensätze belebend wirkten.

Wie sagte Ceriso einmal bezüglich des physischen Verfalls?:
„Das Alter flieht der Langsamkeit.
Darum: Sich erst einmal hinsetzen und es mit einer gemütlichen Tasse Kaffee angehen lassen!
Hey Baby! Was haben wir denn sonst?" Er lächelte versonnen-behaglich in sich hinein. Sein Gesicht sah dabei aus wie ein Portrait Michelangelos.

Seine Rede hatte Sila gefallen.
Die Worte hatten auf sie beruhigend gewirkt.
Sie erinnerte sich … wie er den Kaffee aufbrühte. Das machte er noch ganz altmodisch, mit Filter und von Hand. Er blickte dazu ganz geheimnisvoll drein. Während des gesamten Vorganges achtete er mit geradezu akribischer Genauigkeit darauf, dass das Wasser nur ja nicht zu schnell darüberlief. Genüßlich musste es über das braune Pulver fließen, in gemächlichen Bahnen – über die frisch gemahlene Essenz einer extra ausgewählten italienischen Espressobohne. Sachte … ganz sachte … Um dann … man wollte das Aroma nicht zerstören. Der Geschmack sollte sich langsam entfalten – mit Bedacht.

„Siehst du ... so!" Ceriso hatte den sich entfaltenden Geruch beschworen, atmete ein wenig mit der Nase an ihm entlang, beifallheischte ihn, der im Raume hing, mit den Händen, wie ein Fakir:

„So geht das ... so! Und, von Hand gemahlen ..." Er deutete auf eine antike Kaffeemaschine auf dem Tisch, Damit nicht die Energie der Bohne kaputtgeht und verfälscht wird. Die Konsistenz der Brühe muss langsam zerrieben werden.

Es duftete wirklich sagenhaft und das Getränk wurde mit nur wenig Milch verdünnt, nur mit einem winzigen kleinen Schuss dieser hellen Flüssigkeit, die auf einem Tablett bereitstand, serviert.

Ceriso hatte sich danach umgedreht.
Er hatte Musik aus seiner Anlage geschaltet, die er leise stellte – sanft.
Er bewegte sich ein wenig im Takte der Melodie.
Seine schlanken Beine umkreisten Sila.
Sie begannen zu tanzen.
„Er ist mein Traum", dachte sie: „Es ist alles wie ein Traum."

Nachdem es diese Gedanken in sich wach- und hervorgerufen hatte, begriff das Mädchen auf dem Wege zu seinem Bus, dass sie beide, Ceriso und es, womöglich in Epochen, Zeitabläufe gestellt waren, die durchschritten, durchlebt werden mussten, sowohl auf positive als auch auf andere Art. Dass sie ein Paar waren auf der Bildfläche des Lebens, das eine Berechtigung, einen Auftrag hatte. Und sollte dieser Lebenszweck auch nur vorübergehender Art sein – etwa, weil sich die beiden Daseinsformen nicht ergänzten – so wäre doch ein mosaikähnlicher Teil ihrer beider Bestimmung damit in Erfüllung gegangen, sodass sich aus jenem, vom Leben

herbeigerufenen Zufall etwas Wichtiges, ja, Universelles entwickelt hätte: eine Liebe, die gerade zu diesem und keinem
anderen Zeitpunkt erfahren und erlitten sein wollte.

Sodass ... Sila fuhr in ihren Gedanken nicht mehr fort. Es
befiel sie auf ein Mal heftig der Geruch frischer Wildblumen,
die damals in Cerisos Zuhause seine Vase zierten und auch
den Raum.

Und, wie um diese Erkenntnisse, die durch sie hindurch-
geschritten waren, aufzuheben, überquerte in dem Moment
eine Gruppe ausländischer junger Männer die Straße. Ein
göttlicher Anblick: diese durchtrainierten Figuren in ihren
lässigen Sportanzügen – den hellen, roten oder gelben Farben der Jacken und den gedeckten Tönen ihrer Hosen: häufig
in einem tiefdunklen Schwarz, das die Farbe der Haupthaare
ihrer Träger symbiotisch ergänzte.

Es handelte sich um Menschen, die aus dem Irak kamen, aus
Kurdistan auch – aus Gebieten, die nahe an Russland gelegen
waren – und aus dem fernen Afghanistan. Es waren auch Tu-
nesier mit dabei, Marokkaner und Algerier, die ihre dunkle
afrikanische Haarpracht wie zu feinem Draht gebunden oder
hochgestylt, wie gelackt aussehend, und auch zu Afrozöpf-
chen oder -locken gewunden, trugen, und die sie manches
Mal mit einem Turban dekorierten. Auch Tücher sah man,
wie Stirnbänder: um den Kopf drapiert oder ihn halb nur be-
deckend – mit Knötchen auch, an den Seiten oder oberhalb
der Ohrmuschel festgezurrt.

Die Phantasie dieser fremdländisch wirkenden Menschen
kannte keine Grenzen. Besonders farbfroh war die Kleidung
der Frauen, die mit grafischen Blumenmustern oder auch
mit diversen anderen Dekorationen versehen war – etwa
mit Dschungel-, Palmen-, Vogel- und Blütenmotiven und
anderen exotischen Gemälden. Mit dieser Art von Kleidung

wurden die Straßen aufgewertet, erhielt ein umwerfender Sommertag eine zusätzliche romantische Note. Bei so einem Anblick fing jedes Herz an, zu jubeln. Strände fielen einem dazu ein – Beachpartys, lange Nächte und Seancen im Sand. Das Gehirn frohlockte ... Das war Sommer: pur und ungetrübt.

Man schien förmlich das Schlagen von Trommeln zu vernehmen – das der kleineren, deren tak, tak, tak, und der großen, die ihre dumpfen Klänge mit hinzugaben. Gesteppte Fröhlichkeit und erotische Tanzszenen wurden in inneren Bildern heraufbeschworen, und auf ein Mal hatte man graslose Steppen im Blick, Dschungelausflüge und herannahende Wildtiere.

Afrika in Europa ...
eine bunte Mischung aus Lässigkeit und Eleganz: lange wallende Roben aus gebatikten Baumwollstoffen – weite Hosen, an der Taille zusammengerafft – üppiger Schmuck, der golden glänzte und verführerisch und in dem sich die Strahlen der Sonne bündelten. Und, wenn die Kinder afrikanischer Herkunft lachten, ihre dunklen gebräunten Gesichter heiter und ausgelassen wirkten, so war es, als ob die Sterne aufgingen am Firmament und das Glück sich auf den Tag hiedersenkte.

Sila dachte pluralistisch. Sie wünschte eine offene Globalität. Wenn die Menschen in friedlicher Manier zusammenlebten und einer den anderen liebte, so war das für sie der Beweis, dass der ursprüngliche Plan Gottes noch funktionierte. Denn dieser teilte die Menschen nicht ein. In seiner Vorsehung war eine Betonung von Gegensätzlichkeit der Menschen nicht enthalten. Sein Plan war es wohl gewesen, den Menschen einen grenzenlosen Zusammenhalt zu ermöglichen – ohne kulturelle Aufhebung.

Das heißt, jeder Einzelne dürfe sich seine Eigenständigkeit und seine herkunftsmäßige kulturelle Entwicklung bewahren, soweit sie Frieden, Liebe und Annäherung an Andere beinhaltete und zu verkörpern suchte.

———

Cerisos Radkünste …

Er: auf dem Sattel.
Sie saß halb auf der Lenkstange.
Aber das war noch das Geringste. Wenn er alleine unterwegs war, hatte er eine Art, das Vorderrad hochzuziehen, sodass es aussah, als ob er mit einem Einrad fahre: clownesk, zirkusartig.
Seine schwarzen Haare glänzten dabei beinahe silbrig unter der Sonne. Sein Mund lachte.

Er trug eine zerrissene Jeans, die seine knochigen Knie zeigte, was verboten aussah und etwas verworfen. Eine faszinierende Dualität ging von ihm aus, die vielfältig wirkte, beinahe abtrünnig erschien: ein männliches Wesen – wie ein Hieb, wie ein Schwertschlag ins Herz.
Gedichte taten sich auf – Zeilen aus der Literatur.
Man vernahm das Atmen der Straße.
Sila trug einen Pulli mit Muschelmuster und eine dreiviertellange schwarze Hose – seitlich geschlitzt.
Sie war ein modisches Mädchen, ohne dem Zeitgeist verfallen zu sein, und sie wünschte sich in solchen Momenten nichts Anderes, als hier, bei ihm zu sein, bei Ceriso – auf seinem Fahrrad, über dem holperigen Pflaster der Altstadt, vorbei an Geschäftszeilen und Passanten, die staunend schauten und nicht begriffen.
Da war eine Liebe …
Grandios.
Man genoss die Gegenwart.

Und wenn es auch kein Gefühl aus dem Bilderbuch war – da war seine Abhängigkeit vom Heroin und die daraus folgenden inneren Zerwürfnisse – so enthüllte doch dieses Debakel, dieser raue Gegensatz umso mehr eben auch seine anderen Seiten in ihm, die da waren: Hilfsbereitschaft, Romantik, Sportlichkeit und Güte. Auch eine kreative Ader war ihr aufgefallen im Bereich der Malerei und seine musikalische Begabung ohnehin. Und, hatte er nicht auch immer den Sinn und den Geschmack für alle leichten Dinge des Lebens?

Wie oft, in ihre Gedanken hinein, vernahm sie seine Stimme: „Vuoi bere qualqosa insieme a me? Io prendo un suco d'arancia e te?"

Er trug ein Tuch um den Hals mit Ajour-Muster und ein Duft von Magnolien ging heute von ihm aus: etwas herb, durchaus sehr männlich.

„Weißt du, Baby, die Musik ...", sagte er, als sie im Freien auf dem Haidplatz vor dem Goldenen Kreuz auf zwei Stühlchen saßen, von denen einige jetzt noch frei waren – es war noch nicht Mittag. „Die Musik ..." fuhr er fort: „ist wie die Sonne. Sie ist wie ein faszinierender Berggipfel. Alle wollen ihn erklimmen. Alle wollen die strahlende Aussicht genießen. Ja, die Menschen wollen sie beherrschen. Sie wollen, dass sie ihnen die Beichte abnimmt. Sie haben Sehnsucht nach der gründlichen und großen Absolution.
Die Musik ist Alles. Sie ist eine gewaltige Bühne.
Sie hat auch etwas Revolutionäres.

Sie setzt ganze Welten in Gang. Sie ist völkerverbindend und originär. Sie hat heilende Kräfte. Sie ist der bloße freie Geist. Sie ist wie das Salz im Meer.

Und wie die Butter auf dem Brot.
Oder wie die Liebe?"

Er küßte sie.

„Nimm zum Beispiel ein Klavier – den Klang der Sphären,
den Schrein des Himmels – oder die Geigen und die Harfen:
die Windtöne des Horizonts …

„Nun sitzen wir also auf diesem kaiserlichen Platz …"
Er ließ seinen Blick schweifen: „dem Austragungsort großer
Ritterturniere während des Mittelalters. Dreihundert Helme
konnte man anläßlich solcher Szenarien zählen. Und von
den Erkern der hohen Gebäude blickten die schönen Frau-
en herunter, winkten mit ihren Fächern und sahen gespannt
dem Treiben ihrer Männer oder Liebhaber zu. Und dieser
Gasthof, vor dem wir uns jetzt befinden, war der berühm-
teste Restaurantbetrieb Deutschlands – ein Hotel auch – das
viele bekannte Namen beherbergte."

„Die ältesten Besitzer …", sagte Sila: „waren die Weltenbur-
ger. Das war, glaube ich, im Jahre 1456. Ein Gasthof wurde
erst im 16. Jahrhundert daraus. Und der angesehendste Besucher und Verweiler in diesem Hause war wohl Kaiser Karl V.
Wer kennt nicht die Geschichte um die schöne Gürtlerstoch-
ter Barbara Blomberg, in die er sich hoffnungslos verliebte.
Denn schon nach der Geburt ihres gemeinsamen Sohnes,
1547, dem 47. Geburtstag des Monarchen, hat sie ihm für
immer den Rücken gekehrt. Sie aber heiratete den kaiserlichen Offizier Hyronimus Kegel.

Der Knabe, den sie einst dem Kaiser geboren hatte, war in
Spanien aufgewachsen. Er bereitete in der berühmten See-
schlacht von Lepanto den Türken eine entscheidende Nie-

derlage und ging als gefeierter Held Europas in die Geschichte ein. Man nannte ihn Don Juan d'Austria.
Er fiel 1578 der Pest zum Opfer."

„Weil wir vorhin von der Musik sprachen …", sagte Ceriso: „Die sogenannten Kreuzbälle, die hier, in diesem Gebäude organisiert waren, zogen Gäste aus ganz Europa in ihren Bann."

Sila ergänzte: „Auch soll hier die Ministerkonferenz stattgefunden haben, bei der sich solche Größen wie Wilhelm der I. von Preußen, der spätere deutsche Kaiser, der Bayernkönig, Ludwig II. und nicht zuletzt Bismarck, ein Stelldichein gaben." Sie blickte um sich: „Dieser frühgotische Patrizierturm ist aber euch einmalig …" um dann: „sag mal, Schatzi, woher kennst du eigentlich unsere Geschichte so gut? Hat sie dir wohl als Vorbild für diverse Liebesabenteuer gedient?"

Ceriso verneinte: „Eher bin ich Carl Bernevin, der Artist und Seiltänzer – eine tragische Figur, die aber auch nicht der Komödie des Grotesken entbehrt."

„Wer war Bernevin?"

„Man erzählt sich das so: Vor etwa 450 Jahren ließ dieser ein Seil spannen vom Turm des Goldenen Kreuzes bis auf das Pflaster der Neuen Waag. Er wollte darauf, mit brennenden Feuerwerksraketen bestückt, einen spektakulären Balanceakt vollführen. Eine derartige Sensationsshow hatte er eigentlich überhaupt nicht nötig, denn er war eh ein berühmter Chirurg, dessen Erfolg durch ganz Europa wehte. Diesen Einfall, dieses Schaustück bezahlte er mit seinem Leben. Er stürzte kopfüber in die Tiefe. Das Publikum, das zahlreich erschienen war, nahm das alles mit wie gelähmtem Entsetzen war.

Eine Katze, die ihm das Gleiche nachtun sollte, blieb von dieser Aktion verschont."

Sila: „So spanne das Seil nicht zu hoch!" könnte man den Menschen zurufen." Der berühmte Schriftsteller Ralph Waldo Emerson hat gesagt: ‚Spanne deinen Wagen an die Sterne‘. So hat er das wohl nicht gemeint. Er dachte eher an die gedankliche Welt, die großartig sein kann und die einen durch das Leben tragen kann."

„Baby, am Ende bist du die Reinkarnation dieser Katze. Deine Feuerwerkskörper sind deine Leidenschaft. Sie brennt lichterloh." Er lachte.

Über der unglaublichen Geschichte Regensburgs war es mittlerweile stickig-heiß geworden. „Nun komm schon, Baby", sagte Ceriso: „Wir haben noch Einiges vor!" Sein Blick fiel auf die Badetasche auf dem Rücksitz seines Fahrrades.

Daraufhin gingen sie Hand in Hand in Richtung Kohlenmarkt auf die Brückstraße zu, die sie zur Thundorferstraße hinunterführen sollte. Die Brückstraße … die bis an den Anfang der Steinernen Brücke reichte und die bis zum Jahre 1885 auch Schustergasse genannt wurde … Dort befindet sich auch heute noch das Haus einer bekannten Zinngießerfamilie. In der Thundorferstraße, die das Pärchen kurz danach passierte, befand sich im Mittelalter die Hafenmetropole der Stadt.

Sodann ging es hoch zur Keplerstraße, wo sich das Gedächtnishaus Keplers bestaunen läßt. Dort weilte der ehemalige Forscher, Schriftgelehrte, Mathematiker und Astronom, der häufig von Linz aus nach Regensburg kam, um anschließend in seine badenwürttembergische Heimat, In der er 1571 geboren wurde, weiterzureisen. Kepler, absoluter Liebhaber Regensburgs, einer Stadt, in der auch seine Freunde und Bekannten aufzufinden waren.

Warum er gerade diese Route häufig wählte, lag darin begründet, dass seine 70-jährige Mutter in seiner einstigen Heimat unter dem Verdacht stand, eine Hexe zu sein. Er wollte sie beschützen vor Folter und Gefängnis, was ihm letztendlich auch gelang.

„Wie gut, dass wir diese schweren Zeiten nicht durchmachen mussten!" meinte Sila, als sie über diese geschichtlichen Ereignisse sprachen.

„Aber ein paar Hexen sind noch übrig!" er zwinkerte ihr zu.

Sila trug unter ihrer Kleidung einen maisgelben Häkelbikini, der Ceriso eine Stunde später, beim Baden, zu der Bemerkung veranlasste: „Sind wir in einem Meerespool? Pass auf, dass nicht ein großer Fisch kommt und dich verschlingt oder sich in dich verschlüpft!"

Sie setzten ihren Weg fort und gingen über den Eisernen Steg zum Baden in das Freibad RT. In Höhe des Rudersportvereins, der daran angrenzt, entdeckte Sila in einem Beetstück eine Mittagsblume mit fächerförmig-gelegten Blättern und einer spitzzüngigen orangen Blüte.

Sie spürte auf der Hautoberfläche ihrer nackten Arme die feinen Stiche der heißen Sonne und bald schon wie sich die flaumigen Härchen darunter aufrichteten, was in ihrem Körper ein wohliges Kitzeln bewirkte.

„Hey Baby" resümierte Ceriso: „Vielleicht leben wir in einer Seifenblase, die auf ein Mal platzt und unsere Träume gerinnen."

Das Licht brach sich während dieses Gespräches in einer kobaltblauen Keramikkugel am Eingang der Badeanstalt, sodass diese verformt aussah, nicht rund, wie sie eigentlich war, da das Licht die Eigenschaft besitzt, das Wesen der Dinge kurzfristig zu verändern, ihm eine andere Dimension zu verleihen, die von Art und Formgebung her interessant und physikalisch zugleich erscheint.

Ja, das Licht ... Oftmals hing es auch von Dachgiebeln herab oder es schien lautlos dahinzufließen wie ein sanfter Regenfall. Dem Licht kann eine große Rolle zugeschrieben werden im Ablauf des Lebens, wenn der Betrachter aufmerksam genug ist, seine Anwesenheit in allen Dingen zu entdecken, wenn er sich die Mühe macht, es mit sehendem Auge zu verfolgen. Es wirft sich wie ein warmer Mantel um die Garben des Sommers. Es öffnet Schaufenster des Zaubers und der Animation. Das Licht sprüht vor Genialität. Es steht ihm die Rolle des Magiers ins Gesicht geschrieben.

Sila hatte eine Kühlbox mitgebracht, die sie auf eine Decke stellte, die sie auf dem kurzgeschnittenen Rasen ausgebreitet hatte, um es sich mit ihrem Liebsten dort bequem zu machen.

Was soll man sagen? Sie genossen den Tag, der lieblich war, aufmunternd und schön.

In der darauffolgenden Nacht träumte sie, sie befände sich in einem großen Parfümerie-Laden in einem Zentrum der Stadt. Von der baulichen Substanz her erinnerte sie das Gebäude an die Parfümerie F.X.Miller in der Königstraße ...
Und neben den sorgsam aufgestellten Gläsern und Fläschchen, von denen einige sogar von Hand beschriftet waren,

hielt sie am Ende ein Wässerchen in der Hand, in dessen Aura sie sich sofort verliebt hatte und dessen Duft sie während ihrer gesamten Anwesenheit in dem großzügigen langgestreckten Laden umgab, jener, der von der Architektur herein wenig an die Glasarcaden der Pariser Bahnhöfe erinnerte. 'Lava Vana' hatte sie auf ihre Frage nach dem Namen der Essenz zur Antwort erhalten.

In diesem Traum trug sie ein langes cocktailähnliches Kleid mit malven- und roséfarbenen Blüten am Ausschnitt und am Saum, dazu eine hellgelbe Stoffblume, in Kombination mit einem Haarreif aus geflochtenem bläulichem Satin.

Nach dem Aufwachen hatte sie förmlich noch die Düfte des edlen Geschäftes in sich, die sie wie eine zarte Wolke umgaben und in den Tag hinein begleiteten.

Diesbezüglich legte sie hauchdünne Nylons an, sodass man nicht so richtig wusste, ob die so umhüllten Beine nun bekleidet waren oder nicht. Der Tag rief geradezu nach einer Antwort auf den Traum. So wählte sie als Kleidungsstück ein kurzes trapezförmiges Sommerjäcken in Pepita, mit aus demselben Stoff überzogenen großen runden Knöpfen, das sie jederzeit hätte ablegen können, um darunter ein tief ausgeschnittenes schwarzes Shirt mit Dreiviertelärmeln zu präsentieren.
Ihre weißen geschnürten schlichten Halbschuhe aus Leder ergänzten dieses sommerliche Outfit, mit dem es sich lächelnd und inspiriert durch die Straßen gehen ließ.

Und er, ihr Geliebter, wie würde er erscheinen? Vielleicht in einem Weiß der Seemänner mit einem blauen Abschluss seiner Hemdsärmel und einem leicht hochgestellten Kragen

und ein Schal, wie eine Meeresbrise, könnte ihn umflattern,
sodass dieser aussähe wie eine kleine Fahne im Wind.

Eine Blindschleiche
lag zertreten am Weg ...

Sie wollten sich am Donauufer treffen.

Sila dachte an ihren verstorbenen Vater, der vielleicht genauso wie sie an diesem Morgen Blumen in eine Vase gesteckt und sich an diesem erbrachten Arrangement erfreut hätte.

Während der Fahrt zum Stadtzentrum wehte der Wind den Geruch der Felder durch das gekippte Fenster des Busses. Es war derselbe Wind, der die Ähren der Kornfelder aufhorchen ließ unter seinem Brausen. Nur, dass er diesmal sanft zu sein schien, weniger wild.
Die Temperatur war an diesem späten Vormittag im Fahrzeug-Inneren ein Erhebliches höher als im Außenbereich. Man verlangte nach einer Abkühlung, einer Linderung.
Zuweilen kannte der Hochsommer keine Gnade. Die Äcker und Wiesen ließ er vertrocknen und färbte sie um: in helle falbe Beigetöne, die nach häufigen Regenfällen nachdunkelten, in ein tieferes Braun wechselten oder Anthrazit ... schließlich sogar in einen schwarzen Ton, da sie bereits in Fäulnis übergingen. Um dem vorzubeugen, mussten die angebauten und bereits reifen Getreidesorten möglichst schnell eingebracht werden.

Die Sonne flimmerte durch die Büsche, die die Straße säumten. Sie wirkten transparent und luftig und erzeugten ein heiteres Gemüt. Sila war bis zum Fischmarkt gefahren und ging die Tändlergasse nach oben zum Neupfarrplatz. Dort suchte sie ein Kaufhaus auf und erstand darin eine Jeans, die man mit einem „Paris 36"-Etikett versehen hatte, ein Kleidungsstück, bei dem quasi der Herkunftsort sowie die

Größennummer aufgezeigt waren. Sie sagte sich so etwas wie: „Solange ich noch in meine geliebten Jeans schlüpfen kann!" Meinte dabei: ʻMein Leben ist doch wahrlich immer noch lebenswert, wenn es auch momentan von etlichen Problemen belastet ist.ʼ Kurzum: Sie warf den Kopf zurück: „Ich lasse mich nicht unterkriegen!"

Was sie nicht ahnte …
dass ihr Körper bereits dabei war, die äußerst zahlreichen Eindrücke der letzten Zeit in sein Unbewusstes einzuspeichern. Sie hatte manchmal schöne Träume … ja … aber auch ständig wiederkehrende nächtliche Albträume. Denn die Seele merkt sich Alles. Auch die geringste abweichende Frequenz. Wie ein filigranes Stückwerk ist sie: empfindsam und zart.

Sila behielt die Jeans, die sie sich ausgesucht hatte, gleich an und kombinierte dazu ein helles, im Brustbereich geschnürtes knappes T-Shirt in gelb-getöntem Grau. Das sah sexy aus und wow.

Dann lief sie zur Donau hinunter, wo das brackige Wasser verschwiegen unter den Kränen lag, die wie hohe schwarze Giraffen das Hafengebiet umstanden. Ein moderiger Geruch umgab heute diesen Stadtteil, der von der lange andauernden Hitze hervorgerufen wurde. Auch im Zentrum der Stadt hatten die Kanäle gedampft und war dieser Geruch aus ihnen herausgeweht. Möwen flogen auf: träge und undiszipliniert.

Die morbide Szene umgab ein leichter Sonnennebel. Ein Hauch von Nichts war zu spüren … dieser charmante Hauch von Nichts und edler Lässigkeit, der das Weltgeschehen zuweilen begleiten kann, der die Menschen in die Andacht, in die Besinnung wirft und ihnen den Kuss der Ewigkeit reicht.

Ein Tag, wie gemalt aus allen Fasern der Träume, mit Immortabilität und Sehnsucht versehen, bestückt mit der kostbaren Ahnung steter Wandelbarkeit eines begrenzten Erdenlebens.

Das war Schönheit pur …
Romantik und Fernweh. Schiffe lagen bleischwer im Wasser, wurden umspült von einer etwas faulig riechenden Brühe. Fische tauchten kurz auf, holten sich
frische Luft.
Das Leben stand weitgehend still.
Die Hitze hatte die Lebendigkeit aus den Straßen genommen, sie hatte die Wunde aufgerissen der Einsamkeit. Sie machte die Menschen lustlos und träge. Sie blieben in ihren schützenden Wohnungen und Häusern. Man konnte von diesem Nichts profitieren. Alles wirkte ruhig und geerdet.

Ceriso kam ihr entgegen.
Das feine Kettchen um seinen Hals blitzte auf.
Er lächelte. Er drückte Silas Hand. Sie küßten sich: wild, unbeherrscht. Nach einem kurzen Spaziergang setzten sie sich an das Ufer des Flusses und ließen ihre Beine baumeln. Cerisos Füße steckten in offenen Sandaletten. Die zog er aus. Unter dem Arm hielt er eine längliche Flasche: irgendeinen leichten italienischen Rotwein. Ein Güterzug kroch heran. Sie blickten sich an mit dem Ausdruck verschwiegener Träume: andächtig und süß. Er gab ihr einen Kuss nach dem anderen. Sie tranken den Rotwein aus der Flasche. Er reichte ihr seine Kopfhörer. Sie genossen die Musik, die rhythmisch war und schön.

Da war genügend Abstand zum Fluss. Man musste nichts übertreiben. Nach ein paar unvergesslichen Stunden fanden sie sich im Zentrum der Stadt wieder. Sie wollten zu einer Café-Kneipe in der Roten Hahnengasse. Das Wetter hatte sich mittlerweile geändert. Es sah nach Regen aus. Dunkle Wolken waren herangezogen. Ein kühler Wind fuhr in sie hinein, der die Blumen in den aufgestellten Tongefäßen erzittern ließ und ihre Blütenblätter löste. Laura Gianninis rauchige Stimme klang aus einem Lautsprecher. Es war schaurig-schön. Die Atmosphäre wirkte wie ein Schattenbild aus dem Jenseits.

Sie befanden sich jetzt vor dem Lokal „Apotheke", das nach seiner früheren Nutzung benannt war. Silas Unterleib fühlte sich gut durchblutet an und durchpulst. Die Frivolität der verbrachten Stunden wirkte in ihm nach.

„Man hätte besser einen Schirm mitnehmen sollen statt einer Flasche Rotwein!" scherzte sie.

„Du hast Recht, professoressa!" Doch der Blick, den ihr Ceriso bei diesem Satz zuwarf, gefiel ihr nicht so ganz. Da war eine Ahnung in ihr, die sich auch bald bestätigen sollte.

„Dies ist quasi der Teil der Roten Hahnengasse, der früher „Hinter der Flasche zu den drei Hacken" genannt wurde", versuchte sie ihn aufzumuntern.

„Wie passend", murmelte er kaum vernehmlich.

„Oder liegt dieser Abschnitt etwas weiter unten", fuhr sie fort." Einst durchfloss diese Gasse ein Zweig des Vitusbaches. Ja, und hier oben befindet sich auch das Gasthaus „Roter Hahn", das zu den edelsten der Stadt zählte."

Die geschichtlichen Eindrücke überwältigten Sila immer wieder aufs Neue. Heute war das Sträßchen Szene- und Kneipenstraße zugleich. Ein Lokal reihte sich an das andere. Man glaubte noch das Summen der Gitarrensaiten von der Nacht zuvor und das Wummern der Bässe der Rockmusiker zu hören, die Woodstock heraufbeschwörten oder die krächzende Stimme einer Janis Choplin erklingen ließen und ihre langmähnigen Häupter zum Takte dieser berauschenden Vergangenheit wild und rhythmisch hin- und herwarfen.

Ceriso wirkte abwesend.
Angespannt.
An einem derartigen Feeling schien er heute nicht interessiert zu sein. Da war etwas Treibendes in ihm.
Sein Blick war unstet.
Es schien, als habe man aus ihm etwas herausgenommen.
Die Ruhe hatte sich fortgeschlichen.
Zuweilen schnellte er auf, als fiele ihm etwas Dringendes ein.
Was es wohl war? Sila hatte diese Nervosität schon während des verbrachten Tages gespürt. Sie kam nicht überraschend für sie.

Es war sehr dunkel in dem Raum, den sie nun betraten. Durch zwei größere Fenster fiel etwas gedämpftes Licht herein. Das Lokal befand sich in einer schlauchartigen Passage. Wenn die Atmosphäre draußen sich nicht so schattig zeigte, wie eben nun in diesem Moment, war der Gegensatz zwischen Außen und Innen beinahe schon krass. Aber gerade diese Zwielichtigkeit verlieh den Räumen etwas Uriges, Verstecktes und Gemütliches. Für Liebespaare ein Traum.

Nichtsdestotrotz …

„Ich bin ein Junkie!" sagte er: „Mußt du wissen!" Weiter: „Im Moment bin ich nicht so wie ich sein könnte … Augenblicklich durchlebe ich eine schwere Zeit!"

Als sie sich in dem menschenleeren Café gegenübersaßen – ja, warum hatte er nicht neben ihr Platz genommen – das war schon eingangs ihre innere Frage gewesen … wurde Sila nun doch sehr nachdenklich, denn sie bemerkte, dies war nicht ohne Grund geschehen. Ihr Freund zögerte nicht lange. Er packte verschiedene Utensilien aus, die der Beruhigung seiner Sucht dienen sollten. Schließlich hielt er eine lange Nadel in der Hand, mischte in einem kleinen Gefäß ein Pulver auf, hielt die Nadel in die nunmehr flüssige Essenz, bis diese aufgesogen war. Er legte seinen Arm frei, sterilisierte die vorgesehene Einstichstelle etwas und wollte sich die Füllung unter die Haut in sein Blut spritzen. Eine stoische Ruhe umgab seine Handlungen. Kurz vor dem geplanten Einstich hatte er die Augen geschlossen. Erwartete er den Schmerz und die Linderung zugleich?

Ehe es allerdings dazu kam, und auch ehe Sila dagegen vehement einschreiten konnte, so gedanklich-gelähmt und daneben war sie, war eine männliche Thekenkraft an seiner Seite und winkte ihn ärgerlich zu sich auf die Bar-Bestuhlung, die in Reichweite lag. Ein Aufruf, dem sich Ceriso nicht entziehen konnte. Derlei Handlungen waren strengstens untersagt.

Sila fühlte sich wie in einem schlechten Traum.
Die Dunkelheit des Raumes, die spärliche Beleuchtung in der Ecke, in der sie sich aufhielt, trugen das ihre dazu bei. Ihr Freund war ein Abhängiger von einer schweren Droge. Sie hatte sich heftig in ihn verliebt. Dieses Gefühl hatte sie beinahe schon um ihren Verstand gebracht. Da war ein holperiger Weg. In der Altstadt fand man diese Art von Pflaster öfter.

Einmal sagte er: „Heroin … das ist, als ob dich ein Hai gebissen hat. Da ist vor dir eine weiße Wand. Und schon ist er bereit zum Angriff. Du kannst kaum mehr reagieren, wenn er sich auf dich herniederstürzt und deinen Geist, deinen Körper amputiert."

Nun kehrte er zurück. Er hatte den Thekenbereich verlassen. Das Gespräch mit dem Barkeeper war beendet.

„Wir werden gehen, Baby", vermerkte er leise: „Wir sind hier nicht erwünscht."
Was Sila nicht wunderte.
Er wollte sich die Droge geben.
Und sie … ihre Anwesenheit, hatte ihn nicht aufhalten, die stoische Ruhe, mit der er diesen dreisten Ablauf vollführte, nicht stören können.
Sie hatte das gespürt.
Es wäre sinnlos gewesen.
Es wäre Streit entstanden.
Er würde sie vielleicht vom Platz gewiesen haben.
Die Sucht war so stark.
Nur ein striktes Lokalverbot hatte ihn daran hindern können.

Er wirkte jetzt müde.
„Ich bringe dich nach Hause", sagte sie.
Sie wusste nicht, was sie sonst sagen sollte.
Die Spritze entsorgten sie beide vorsichtshalber in einem Abfalleimer. Er schien jetzt vernünftig zu sein.
Sie war zutiefst verstört.
Sie hatte Angst.

„Ich werde schlafen daheim, lange schlafen …
Keine Angst, Baby! Das bringt mich nicht um!
Ich werde das auch heute nicht mehr wiederholen!"

Sie hoffte,

Und auch, wem sollte sie sich mitteilen? Wer könnte ihr helfen?

Sie kannte Niemanden, den dieses Leid, dieses Thema sonderlich interessierte.

„Du mußt aus dir heraus!" Auch diese Ansage ihm gegenüber würde nur verhallen. Die Situation hatte sie überrumpelt.

Sie hatte auch gespürt: Er wollte ihr damit etwas zeigen: die Sucht.

Hatte sie das nicht gewusst?

Verdrängt etwa?

Hatte sie geglaubt, er wäre schon heraus aus der Droge?

Was hatte sie sich gedacht?

Hatte sie geglaubt, sie hatte ihn bereits um den Schmerz gebracht? Konnte ihn überhaupt etwas um den Schmerz bringen?

Dem Alkohol konnte wohl keine Schuld zugewiesen werden. Sie hatten ein jeder nur ein paar kleine Schlückchen genommen.

Auch hier hatte eine gewisse Vorsicht regiert.

„Ich habe schon Alles probiert!", hatte er ihr einmal gesagt: „Ich war in einer Entzugsklinik. Ich versuchte auch, in diesbezüglichen Häusern meine Nerven regenerieren zu lassen. Zweifellos waren auch dieses Erfahrungen, die ich nicht missen möchte. Ich habe Einiges dabei gelernt. Hatte ich das Leben vorher nicht ernst genug genommen? Hatte ich es an den Rand der Groteske getrieben, bis es mich verhöhnte, verlachte?"

Während dieser Worte traten sie aus der Café-Kneipe heraus ins Freie, in einen langanhaltenden konsequenten Regenfall, währenddem das Pflaster der Altstadt unter ihnen glänzte wie ein polierter Schuh.

Es regnete die ganze Zeit. Unaufhörlich. In dünnen feinen Strähnen fiel das Wasser vom Himmel. Die Fassaden der Häuser wirkten wie gewaschen. Sila nahm Cerisos Gesicht in ihre Hände, küßte es, saugte alles aus ihm heraus, wie um ihm die Kraft zu geben, zu überleben.

Und so etwas wie Regen war auch in ihr … eine trüblastige Melancholie – da war aber auch gleichzeitig die Süße der Liebe – der Konsens ihrer beider Vereinigung.

Beim Abschied meinte er etwas lakonisch, sie solle sich nicht soviel sorgen um ihn. Früher habe er schließlich auch auf diese Weise gelebt. Weiter: Man würde schon einen Weg finden.

Doch ihr war es trotzdem so, als ob man ihr die Bekleidung vom Körper zerrte und sie in die Nacktheit verwies, es machte keinen Unterschied. Denn wenn es auch so schien, als wollten sie sich in den intimen Stunden auch in der Zukunft nicht mehr voneinander trennen, so war die Sucht trotzdem der Gedankenstrich, löste diese im Nachhinein sozusagen einen wunden Punkt aus der Verwerfung, der Zurückwanderung in die Einsamkeit – bei ihm, weil er unter ihr agierte, bei seiner Geliebten, weil sie dieses Verhältnis so nicht akzeptierte.

So war die Droge es, die letztlich alles zu vernichten drohte, alles zu verschlingen, die ein Zerwürfnis des Paares einläutete, heraufbeschwor, sodass … man konnte sich trennen – war dies letztlich das ernüchternde Ergebnis? Auch wenn man zunächst nichts für trennbar hielt.

Sie, die Sucht, gab die Erlaubnis, vielleicht sogar den Befehl, in dieser Richtung etwas zu arrangieren, wenn auch zunächst heimlich und vielleicht nicht einmal bewusst.

Am selben Abend noch überwies Sila ihrem Geliebten eine SMS, die sie so verfasste: ‚Du bist meine Rose, meine Magnolie, aber auch Zorro und Fanfan, der Husar!‘

Das zurückliegende Erlebnis setzte, als sie sich in ihrem hohen schmalem Ankleidespiegel anschließend bei sich Zuhause betrachtete, ein wenig bizarre und tagträumerische Gedankenverläufe in Gang.

‚Wenn ich älter bin‘, überlegte sie … ‚werde ich mir zahlreiche Morgenmäntel kaufen, die fantastisch aussehen – mit wilden Tiermustern und großen exotischen Blüten bemalt‘. Sodass allein schon diese Kleidungsstücke genügten, um vom Verfall ihres Körpers abzulenken, dass über deren plakativer Schönheit die Brutalität und die Anzüglichkeit des Alterns zurückträten, diese Eigenschaften darüber vielleicht sogar völlig verblassten.

Mäntel oder Überwürfe, die zum Träumen veranlassten- wie ein Ausruf, wie eine Sendung. Und, sie würde große Schalen von Himbeeren oder anderer delikater Früchte in ihrer Nähe bereitstellen, sodass der Blick eines gewählten Mannes sich auch noch zusätzlich daran ergötzen könnte. Ja, sie würde ein Feuerwerk abziehen der Dekoration, eine Show inszenieren, sodass der so Gewählte nicht wisse, ob er sich nun in einem Dschungel befände oder in einer einladenden Obstplantage. Ja, sie würde schon herausfinden, wie man dem äußeren Verfall Einhalt gebieten könne. Sie würde sich als Kunstwerk arrangieren, als delikates Ouvre köstlicher Stunden.‘

Hatten ihr die zurückliegenden Stunden den Verfall, den gnadenlosen Ablauf des Lebens im schonungslosen Zerrbild

der Zeit bewusst gemacht und aufgezeigt?
Oder weshalb kam sie auf solche Gedanken?

Ihr war noch in Erinnerung, wie sie einst in ihren Teenager-
jahren mit zwei ihr bekannten Männern, die auch mit ihren
Eltern befreundet gewesen waren, zum ersten Mal in derem
schickem Mercedes in die Stadt gefahren war – sie wollten
ein Wiener Hendl essen und auch den Daheimgebliebenen
ein solches mitbringen ... Und, wie diese Fahrt in die Nacht
hinein auf sie gewirkt hatte, auf sie, die sie hübsch, sportlich
und unternehmungslustig gewesen war und wie die Lichter
der Nacht ihre Seele beflügelt und verwöhnt hatten. Ja, wie
es der reinste Rausch von Farben gewesen war: die leuch-
tend-hellen Scheinwerfer der Automobile, die bunten Mar-
kierungen der Reklameschilder, die auf- und abblinkenden
Verkehrsampeln und die lichtdurchfluteten Schaufenster, zu
beiden Seiten der Straßen. Und wie ein Himmel voller Sterne
sich über diese hyperaktive und nimmermüde, von den Menschen geschaffene und konstruierte künstliche Landschaft
gewölbt und mit ihr geflirtet hatte, sodass alles blinkte, blitzte und ihr, Sila, in das Herz hineingefahren war, und wie das
Netz von Sternen und dieser vom Glanz und Widerschein
des darunterliegenden Geschehens erhellte Himmel in ihr
eine Hoffnung, ein Schaudern auch und eine gewaltige Lust
auf ihr kommendes, vor ihr liegendes, aufblühendes Leben
ausgelöst hatten, dem ihre stolze Jugend voller Erwartung,
voll aufkeimender Neugier und irrer Phantasie entgegensah.

Und, wie diese Fahrt in die geheimnisvolle Brandung der
Nacht ihre Seele beflügelt hatte, wie sie das Leben gespürt
hatte, hautnah, bis in die Fingerspitzen, wie ihre Sinne, ihr
Körper gekribbelt hatten angesichts dieses verheißungsvol-
len Auftakts, dieser Reise in eine vielleicht blendende Zu-

kunft hinein, voller Hoffnung, bepackt mit den Flügeln des Abenteuers und des staunenden neu geweiteten Blicks.

Und, genauso hatte sie das Leben verbringen wollen: mutig und ohne Furcht. War sie lebenshungrig und gierig? Ihre Träume jedenfalls waren epochal. Sie waren vernichtend, verheerend. Sie erschien sich darin als Frankreichs Jeanne d'Arc an der Spitze des Feldzuges oder als die Romanheldin Angélique der Literatin Anne Golon, auf einem Schiff, das von Piraten gekentert wurde. Sie sah sich in Mexikos Bandenkriege verwickelt,
in Drogenkartelle gepresst – Pistolenläufe waren auf sie gerichtet. Sie war in Mafiaprozessen anwesend – ja, es ging sogar so weit, dass sie das Brennen von Schusswunden, verursacht durch Kugeln in ihrem Leibe verspürte und den betäubenden jähen Schmerz, wenn sie am Morgen erwachte. John Wayne, der Westernheld stand ihr gegenüber. Ein Marlon Brando und ein Anthony Perkins hielten sie im Arm und Richard Burton servierte ihr heiße Wolken auf Eis. Sie war Kleopatra und Francoise Sagan und als Simone de Beauvoir mit Sartre in eine Affaire verstrickt. Sie war Petra Kelly und da war Silvia Plath. Sie tanzte Cszardas wie Marika Rökk, rettete die Gorillas und ritt auf einem Wasserbüffel. Krokodile waren ihre Gefährten. Sie war Katze, Puma und das Pferd. Sie war zu Allem begabt,
nur nicht zur Langeweile.

Sie zockte in den Spielcasinos, in Wiesbaden und Las Vegas. Und, wenn sie verlor, so war ihr Herz zwar müde, aber nicht besiegt.
Sie stand wieder auf und ging.

In wievielen solcher Träume … die Männer, achja … sie liebten sie. Sie waren wie sie waren. Und sie nahmen sich, was sie wollten und was sie brauchten. Genauso wie sie. Sie waren hungrig und ein wenig desillusioniert und ohne moralische Skrupel. Sie lebten im Hier und Jetzt. Sie scherten sich nicht um Konventionen und bettelten um ihre Liebe. Ihre Gefühle waren tief. Ihr Lachen: ehrlich. Es gab auch Trennungsschmerz und doch ließen sie hoffen. Sie wollten Alles gleich und sofort. Genauso wie sie. Ohne Bedenken und ohne Angst. Sie waren den Frauen zugetan wie fremde Katzen, die Zuneigung verspürten und angekrochen kamen, die sich winselnd auf den Rücken warfen, und behaglich schnurrten vor Freude und die Augen schlossen, wenn sie gestreichelt wurden, die ihnen hinterherliefen wie hypnotisiert und herzergreifend miauten, die stöhnten und ächzten unter der Last ihrer Gier. Sie liebte diese Männer wie das Leben. Und nur darum ging es. Um dieses eine verdammte Leben, das durchzugehen war, das man nicht wiederholen konnte, das gelebt werden musste: augenblicklich, sofort. Da war nichts Anderes. Da halfen keine Ratschläge oder Regeln von Verhaltensweisen und Benimm. Man war einfach da. Hineingeworfen in dieses Desaster aus Frohsinn und Melancholie und musste damit fertig werden. Und sie, die Anderen auch. Da war ein inneres Band – eine Kette, eine Erkenntnis.

Es ging um das Leben.
Warum sollte man warten?
Worauf?
Warten Götter?
Wartet der Himmel?
Fragt die Erde, ob Alles passend ist?

So war ihnen gemeinsam, dass sie die schonungslose Hingabe an dieses Leben, von dem sie verzehrt wurden, aufgefressen und verflucht – das sie gebeutelt, geschunden und verlacht, das ihre empfindsamen Seelen beschwert, beschämt und entehrt hatte, bis zum großen Alles verschlingenden Schmerz – freudig entgegennahmen. Sie waren nicht Opfer – sie waren Flamme. Sie brannten aus Liebe.

Aber da war auch Eifersucht – brennende haltlose Eifersucht und wütender Schmerz. Denn die Liebe läßt sich nicht festlegen, sie läßt sich nicht bändigen. Sie ist da oder nicht. Sie kann sein wie eine Sturmflut, wie ein grausamer Wind, der herniederpeitscht. Sie ist das Alpha und das Omega, der Anfang und das Ende. Sie kann auch zornig sein und unbeherrscht und hin- und hergetrieben. Eigentlich ein bizarres Gefühl ...

Was ihre berauschenden Träume anbelangte, so war ihr deren Inhalt nicht ganz klar. Waren sie etwa eine Meldung ihres Unbewussten, dass sie aufsteigen wollte zu den sündhaften Göttern des Olymp? Sollte sie einmal später das Dasein eines Weltstars führen?
Sie war sich nicht sicher, welchen Hintergrund diese nächtlichen psychischen Invasionen hatten.

Sie hatte sich nicht weiter damit beschäftigt.

Die nach dem Vorfall im Lokal Apotheke folgende Nacht in ihrem Zuhause, in ihrem Bett, war erheblich geprägt von Angst und Entsetzen. Sie fand keinen Schlaf. Am Morgen danach war sie müde und wirkte abgearbeitet, so wie ein Pferd, das den ganzen Tag schwerste Arbeit verrichten musste, das den Bauern zur Feldbearbeitung gedient hatte, damals, als es noch keine Maschinen dafür gegeben hatte.

Sie rief Ceriso sehr früh.
Er meldete sich nicht.
Sie versuchte es immer wieder.

Stündlich.

Sie machte sich ein schlechtes Gewissen.

Sie hätte ihn nicht alleine lassen dürfen.

Sie hätte doch besser einen Arzt zu Rate ziehen sollen.

Sie hatte womöglich völlig falsch gehandelt.

Sie hätte seiner Bitte nach Ruhe und dass sie sich entfernen solle, nicht nachgeben dürfen.

Womöglich war etwas Schlimmes geschehen.

Ja, vielleicht lag er gar ohne Bewusstsein und ohne eine Hilfe da. Und, was nun?

Eilends zog sie sich an und nahm einen Bus.

Mit verstörter Miene kam sie bei ihm an und klopfte an seine Türe.

Da vernahm sie eine schwache Antwort.

GottseiDank!

Erleichtert trat sie ein.

Er war schon auf den Beinen: etwas zitterig, doch um seinen Mund spielte ein Lächeln. Zaghaft zunächst, aber dann wurde es breiter. Sie küßten sich.

„Ich mach uns Kaffee!" sagte er, so, als wäre es völlig normal, dass sie so unangemeldet und so früh bei ihm erschienen war.

Sie atmete tief.

Der Knoten in ihrem Herzen hatte sich gelöst.

Wie ein Stein fiel er herab.

Sie hatte ein paar Lebensmittel mitgebracht, die eingepackt waren und deren Folie sich schon leicht wölbte – die Hitze ...

Ja, es war jetzt, am späten Vormittag bereits so heiß wie sonst vielleicht am Nachmittag. Sie schätzte, ab Mittag könnten es um die 40 Grad werden.

Doch den Kindern war, wie sie unterwegs beobachtet hatte, trotz der hohen Temperaturen das Ballspiel und das Herumtoben noch nicht vergangen. Sie hüpften und sprangen und verhielten sich so ausgelassen und fröhlich, als gäbe es keinen glühend-heißen Stern von oben.

Kirschen und Kastanien ...

Ein paar Tage darauf überraschte Sila ihren Freund aufs Neue mit einem unangemeldetem Besuch. Der Tag lag schon etwas in den Schatten, als sie den Bus zu ihm bestieg. Gab es eine Ahnung, um so ein Vorhaben in die Tat umzusetzen?

Sie hatte sich vornehm gekleidet. Sie trug schwarze glänzende Leggings, dazu schwarze Stöckelschuhe mit mittelhohen Absätzen. Das Oberteil, das sie dazu gewählt hatte, war in derselben Farbe: mittig mit einem Gürtel gehalten und bedeckte ihre Knie. Es war leicht transparent, aber nicht so, dass man etwas Genaues erkennen konnte. Lediglich ein paar erahnte Rundungen ihres Körpers waren auszumachen. Die Kombination sah freaky aus und elegant. Ein sanft wehender Wind fuhr leicht in sie hinein und ließ ihre zarte Gestalt beinahe unwirklich und ätherisch erscheinen. Ihr Haar trug sie nach hinten gebunden und sie hatte es mit einer Spange befestigt.

Aus dem Zimmer des Geliebten erklang Musik.
Es handelte sich um eine gefühlvolle, zuweilen helle Stimme, die flüchtige schattige Tiefen aufwies – ein sensibles Organ, nicht zu kräftig, aber eindringlich. Es gehörte der Sängerin Dido, die gerade in Mode war. Das war eine Stimme, die beim Zuhörer Gefühle erzeugte, in der Art, dass sie empfindliche Personen verängstigen konnte, ja, so schien es Sila, sogar Depressionen auszulösen vermochte. Es wehte ein bestimmter Klang darin der Sehnsucht, der Melancholie, aber auch des Verfremdetseins.
War es der Sopran einer angespannten Jugend, handelte es sich um Befürchtungen, Ängste …?

Da war eine gewisse Schwingung spür- und hörbar, die um eine verlorene Generation zu wissen schien, die Vibration einer denkenswerten Kindheit vor dem Erstarken des Ichs und dessen, Blick in eine unsichere düstere Ahnung – nämlich, dass es so, auf diese Art erkennbarer Unüberlegtheit, gepaart mit dem momentan erreichtem Wohlstand auf Dauer nicht weitergehen konnte. Oder sollte es noch schlimmer kommen? Was würde beispielsweise bis zum Jahre 2020 alles passieren? Ja, bereits solche Fragen erhoben sich angesichts der strapazierten Natur und der Unmäßigkeit, die sich allenthalben breitmachte. Da war schon Verschwendung zu spüren und Uneinsichtigkeit.

War die Stimme das Orakel einer Zeit, die schwankend geworden war, alles aus den Angeln hob und immer mehr forderte und wollte?
Jeder wusste – das konnte so nicht weitergehen. Und doch nahmen alle diesen Weg und kaum einer konnte sich entziehen – dem Sog des Konsums, der Welle auch des Überflüssigen.

Diese Stimme also drang laut und eindringlich aus der leicht geöffneten Türe. Mit dieser Stimme trat Sila bei ihrem Freund und Geliebten ein.

„Setz dich!" das war er. Er klang, wie in letzter Zeit häufig, ein bisschen müde und trotzdem ein wenig überheblich.
Er hob leicht eine Augenbraue: „Was verschafft mir die Ehre deines Besuches an diesem immerhin schon spätem Abend?"

Er deutete auf die Fensterwand. Das Dunkel von Draußen drang schon kräftig herein.

„Ich hatte mir Sorgen gemacht", stammelte Sila ein wenig pikiert. Er hatte sie nur kurz in den Arm genommen.
Was sollte diese Eile?

Sie bemerkte, dass er gut gekleidet war – in eine Kombination aus weißer Hose und schwarzem Hemd – dazu an den Füßen: Mokassins in mattem hellem Gelb. Ihr fiel ein Liedtext dazu ein ‚tengo la camisa nero'. Ja, wofür war dieses Hemd heute ausgesucht worden? Er war frisch rasiert auch. Ein hauchdünner Duft eines bekannten Parfums von Versace umgab ihn.

„Wolltest du weg?" fragte sie ohne zu zögern.
„Ja, Baby, aber das hat keine Eile."

Er deutete auf sein Bett: „Noch bin ich für dich da! Und wenn schon … ", fuhr er fort: „ … ein Treffen mit einem Freund heute noch zu später Stunde … " Dies klang gedehnt.

Sie fragte nicht. Sie nahm das hin.
Es war nicht ihre Art, Fragen zu stellen.
Überhaupt stellte sie gerne etwas fest, bemerkte etwas, ohne sich um weitere Auskünfte dazu zu bemühen.

Am Ende nahmen sie gemeinsam den Bus, um danach umzusteigen.
Ein jeder fuhr in seine Richtung.

Was würde er tun?
Ein kühles Bier trinken gehen? Vielleicht in einem Außenbereich, auf einem randvollen Platz, umgeben von vielen hübschen Mädchen? Die lauwarme Nacht lud geradezu dazu ein. Und hatte sie ihn nicht einmal zufällig gesehen, oder sollte man sagen: ertappt, eines späten Abends, aus dem Fenster eines Busses heraus, nach dem Aufenthalt bei ihrer Freundin, in etwas merk- und denkwürdiger Verkleidung mit Spitzhut und langem schwarzem Mantel, etwas scheu und etwas eilig beim Garbo-Kino vorbeiflanierend? Es war der dreispitzige

Hut des Gianduia der aus der ‚Comedia della Arte' stammen könnte, der seinen Kopf bedeckte …
Wo ging er in dieser Aufmachung hin?
Zu wem?
Wo spielte so ein Theater?

Das blieb ein Rätsel.
Einige Leute aus seinem Freundeskreis hatten sie des Öfteren schon gewarnt. Man hätte ihn einmal in der Nacht gesehen – es durfte bereits nach Mitternacht gewesen sein – mit einer blonden jungen Frau. Wie dieses aus- und weitergegangen sei, sei ihnen nicht bekannt. Man hätte ihn auch nicht danach gefragt. Nun, Sila wusste, dass Gerüchte nicht immer ernst genommen werden durften. Manches Mal lag darin auch versteckter Neid auf ein großes Glück.

Doch waren nicht die seltsame Verkleidung ihres Freundes und die seit einiger Zeit auffällige Nervosität eine gewisse Bestätigung?

Sie verbot es sich, Fragen zu stellen. Aber leicht einzuhalten war dieser Vorsatz nicht. Er wollte eigentlich, wie er ihr mitgeteilt hatte, ein Methadonprogramm in Angriff nehmen – eine ärztlich verordnete Anti-Drogen-Hilfe. Nun, so schien es, ging er stattdessen womöglich wieder in sein altes Leben zurück. Kaum würde er des Nachts – sollten die Hinweise seiner Freunde sich als richtig herausstellen – ein derartiges Vorhaben durchziehen. Und, wie in ihre Gedanken hinein, vernahm sie seine Stimme: ‚Amo solo te! Sei il sole de ma vita!' Was bedeutete: Sie solle nicht eifersüchtig sein. Er liebe nur sie. Sie geriet in einen Kreislauf von Überlegungen. In den Nächten war sie zwar müde und schlief, doch ihr zerrissener seelischer Zustand hielt an. Sie hatte letztendlich auch Angst vor Infektionen oder Krankheiten aller Art, die durch ein eventuell buntes Leben ihres Geliebten entstehen könnten. Sie war schließlich mit ihm eng zusammen, und das nicht selten und nicht gering, sodass sie bald – und das nicht zu Unrecht – in einen inneren Alarmzustand geriet.

Auch der Hut des Gianduia, mit dem sie ihn zufälligerweise, an jenem denkwürdigem verräterischem Abend entdeckt hatte, bereitete ihr Kopfzerbrechen. Im Übrigen war ihr Freund auch tagsüber keinesfalls immer alleine. Einige seiner Bekannten hatte sie schon kennengelernt: so zum Beispiel den portugisischen Koch, der gerne die Frauen betätschelte und immer einen erotischen Flair auf den Lippen hatte, dessen Komplimente vielleicht durchaus ehrlich waren, aber eben auch nicht ganz ohne Eigennutz. Gerne sonnte er sich in Bestätigung und Wohlwollen ausgewählter Weiblichkeit. Und dann das Pärchen, das aus, Tschechien kam, und sich einige Wochen lang – als es auf Wohnungssuche war – bei Ceriso einquartierte, obschon dessen Räumlichkeiten begrenzt waren.

Sila verbrachte qualvolle Nächte deshalb. Denn diese Mitbewohner waren attraktiv, locker auch und schienen für ihre Beziehung nicht ungefährlich zu sein. Kaum vergessen hatte sie die Blicke der jungen Frau – insbesondere die Art, wie sie auf ihren Freund gerichtet waren – als er einmal ein Gitarrensolo gespielt hatte. Enthielten diese nicht Sehnsucht und Begehr?
Doch ihre Toleranz und ihr Respekt anderen Menschen gegenüber ließen nicht zu, ihm diesbezüglich Fragen zu stellen. Er würde schon wissen, was er tue. Er ließ ihr auch einmal wissen, er wolle mit anderen gemeinsam versuchen, eine Änderung seiner Lebensumstände herbeizuführen. Waren diese tatsächlich gewillt, mit ihm den Kampf gegen die Droge aufzunehmen?

Sila war das alles nicht ganz klar.

Vorsichtig tastete sie sich an diese – unter Umständen sogar schicksalhafte Wende – heran.

Oder war es in diesem Zusammenhang vielleicht einfach auch so, dass ein gewisser Teil ihrer Zweierbeziehung sich für ihn als gelebt darstellte, und er insgeheim sich heimlich wieder anderen Dingen zuwendete?

‚Ein Entzugsprogramm für die Nacht!‘ dachte sie zum wiederholten Male ein wenig bitter, doch auch nicht ohne den Anflug einer gewissen scheuen Heiterkeit, denn auch die Tragik bedient sich gerne des Humors.

Die Sonne schien den Konsens ihrer Gedanken zusammenfassen zu wollen und malte symbolisch dazu einen passenden fragezeichenähnlichen Abdruck an die Wand ihres Zimmers.

‚Nichts hat mich mehr durch das Leben getragen, wie die Vergnügungen, die ich mit Frauen genossen habe. Deren Schönheit, Vielfalt und Anmut erfreuen noch heute mein Gemüt. Sie wärmen mir die Seele. Vielleicht gehöre ich zu den genügsamen Menschen, die sich sogar über schöne Träume freuen können und über wundersame Umstände, die sie in der Vergangenheit einmal erleben durften. Und ich spüre heute noch den gewissen Intellekt und auch die Kreativität, die von manchem weiblichem Wesen ausging – beides Eigenschaften, die nie verglühten und eine Bahn durch mein Leben gezogen haben.

Und so lebe ich zusammen mit all meinen Freundinnnen, die ich einst mein eigen nannte – in Gedanken und immer wieder für eine gewisse Zeit. Ja, so ist Leben! Nichts geht aus dem Gehirn heraus. Alles bleibt. Und es bleibt auch dann, wenn viele Jahre schon vorüber sind und Einiges sich geändert hat und die Oberfläche der Steine draußen, in der Natur, porös geworden ist durch Regen, Wind und Schnee. Auch dann werden die Schatten der Erinnerung vorübergleiten und man wird die Dinge sehen: ganz klar und deutlich – wie sie damals waren. Die Menschen auch … ihre Gewohnheiten, ihre alltäglichen Verrichtungen … die Liebe auch – die Leidenschaft – und wie einen das einmal alles erfreut, gequält und gemartert hatte. Und die Schönheit und die Einmaligkeit aller Begegnungen wird erneut das Herz berühren, so, als ob es gestern gewesen wäre.'

Leicht, beinahe spärlich flackerte die Flamme der Kerze, die sich zu dieser Ansage ihres Geliebten in der kleinen Laterne befunden hatte. Ein hauchdünner milchiger Nebel umstrahlte deren trapezförmige schmale Form und warf durch die Glaswände des Gefäßes sachte Schatten auf den Tisch. Leicht und behend hatte sich Ceriso daraufhin von seinem Stuhle erhoben, nachdem er, so wie sie, Sila, den Schein der Kerze betrachtet hatte. Leicht und geschwind war er hinter sie getreten, um ihre Schultern, ihren Rücken zu umfassen und sein Gesicht zärtlich an das ihre zu lehnen.

Er rieb damit ein wenig ihre Wange.

„Wie ein Stern, der vom Himmel fiel, so kamst du in meine Welt!" Er nahm ihre Hände und küßte sie innig und bebend.

„Dein Haar schimmert heute wie Bernstein … " meinte er: „Siehst du … da und da." Er nahm sich eine Strähne, wickelte sie um seinen Finger und fügte hinzu: „Es ist aber auch heiß heute, Baby … Nichtwahr? Mach das Fenster auf … ganz weit! Ich will deinen Körper sehen!"

Sie tat, wie ihr geheißen.
Ein unglaublich helles Licht fiel herein.

Er entledigte sich seiner Fransenjacke und eines mintgrünen Shirts: „Ich schleiche wie eine Katze um dich herum. Spürst du das nicht?"

Er lachte.
Seine Zähne blitzten aus dem schlanken gebräuntem Gesicht.
Er sah umwerfend aus.
Sila fragte sich zum wiederholten Male, warum er nicht auf dem Laufsteg der Haute Couture sich aufhielt. Er war groß, hatte Figur, eine charmante Ausstrahlung und ein faszinierendes Gesicht.

„Du vergisst, Baby … " hatte er zu ihrer diesbezüglichen Frage einmal gekontert: „Wir befinden uns da, wo man uns hingestellt hat – von Anfang an. Das würde meinem Wesen nicht entsprechen. Ich bin Ceriso – und damit gut!"

Cerisos Augen wirkten dabei so dunkel wie die Kirschen, die zu ihrer Zeit in den Bäumen gehangen hatten: geheimnisvoll, wie ein Cocktail für die Nacht.

Als das Paar von der Helligkeit, die aus dem geöffneten Fenster zu diesem Zeitpunkt in den Raum drang, nackt in den dunklen Teil des Zimmers zurücktrat, verschwammen Licht und Schatten, fielen ineinander, um sich schließlich auf dem Boden, unter ihren Füßen, in schattige fluoreszierend-anmutende winzige Teilchen aufzulösen, die eilends dahinhuschten – die dahinzulaufen schienen wie kleine Geister, die den Raum bevölkert hatten – um nun fluchtartig aus ihm zu verschwinden.

Am nächsten Tag wirkte die Atmosphäre wie ausgewaschen.
Ein trüber Nebel lag über der Stadt.

Sila suchte den Bahnhof auf, um sich eine Zeitschrift zu kaufen. Sie tauchte ein in die Präsenz unterschiedlichster Menschen, die auf den Stufen des Gebäudes, vor dessen großen hohen Eingangstüren standen – sich unterhielten, rauchten und sich dort häufig, mit einer Flasche Bier in der Hand, zu einer mittäglichen Seance zu treffen schienen.

Wer einsam war oder Kontakt wünschte, suchte den Bahnhof auf.

So einfach war das. Man mochte in guten Zeiten noch so stirnerunzelnd auf all die Kiffer und Junkies und die, dem Alkohol Verschworenen, herabsehen. Sobald man sich alleine fühlte, scheinbar verlassen von aller Welt, hin- und hergerissen zwischen zermürbenden Gefühlen, fühlte man sich auf dem Bahnhofsgelände, unter der Menschenmenge und auf all den Straßen drumherum, ein wenig wie unter Gleichgesinnten, konnte man beobachten, Schlüsse ziehen, traf einen vielleicht hie und da das Lächeln eines Unbekannten und begegnete man all den einsamen Seelen dort: den von der Welt Verwiesenen, den Verwunschenen, den Verzweifelten, die von Allem ausgeschlossen waren, prostete man ihnen zu mit Bier oder Zigaretten auf das Elend der Welt, befand man sich als Ausgestoßener unter seines Gleichen – war da ein Band zu denen, die am Rande standen, die hinter den Kulissen, hinter den Tribühnen sorgloser Alltäglichkeit sich aufhielten – die das Glas hoben auf den Zug ins Nirwana, denen kein Preis hold war, die um Bestätigung bettelten, die keine Demut mehr kannten, die um keine Liebe mehr wussten: Alles schon gehabt und gelebt.

War da ein Band zu den Verlorenen.

Und eine Art von Katerstimmung tat sich auf.

Die aber wohlig sein konnte, angenehm, besser noch als ein leeres Zimmer, ein zertretenes Gefühl.

Und so ging man immer wieder da hin, suchte man immer wieder diese Plätze auf, um berührt oder touchiert zu werden von der Verzweiflung und der Lebensmüdigkeit der Anderen, um deren Nachtflüge zu erforschen und zu verstehen.

Das geteilte Leid ...

So stellten die Bahnhöfe gleichsam die Schaltstellen des Unbewussten dar, der inneren Metro, der gefühlsmäßigen Station in ein haltloses Nichts.

Oder kam man da wieder heraus? War man lediglich Beobachter, Analytiker einer eher fremden, irregeleiteten Situation?
Dies blieb zu hoffen. Doch wie ... wenn das noch stabile Gerüst eines einsamen Lebens zusammenbrach? Wie ... wenn das Alter oder eine kranke Psyche einen hinderten, sich noch hoffnungsfroh unter die Menschen zu begeben?
Wie ... wenn es einem nicht mehr gelang, einen inneren Dammbruch aufzuhalten?
Dann gehörte man vielleicht dazu – zu den Ärmsten der Armen – und das konnte schnell gehen – manchmal unwahrscheinlich schnell.

Ceriso stellte einmal fest: „Es trifft immer die Gleichen: die in Sehnsucht sich vertilgen, die brennen nach des Lebens Lust, die gierig sind auf Alles ... die ... sich wegrichten!" sagte er einmal: „Und plötzlich ist man in einer anderen Welt. Der wundersamen Welt der Droge. Die Fehde mit sich und anderen ist aufgelöst. Man liegt nicht mehr im Clinch mit sich selbst und dem Universum. Man ist frei und leicht.
Da ist nichts mehr, was einen quält!"

Und, weiter: „Ich trete eine Reise an. Was ist daran so Besonderes? Hunde sind vor mir in den Himmel gegangen – Katzen und Kaninchen – ein Hamster und ein Eichhörnchen."

Die Türe seiner Wohnung, die er nach dieser Ansage aufgemacht hatte, hatte ihm mit einem lautem Ruf, einem harschen qualvollem Wimmern geantwortet – dem Aufschrei der Ewigkeit.
Man hatte sie zu ölen vergessen.

„Eine Thanatophobie, also die Angst vor dem Tode, hast du wahrlich nicht", war Silas nun leicht ironische Bemerkung darauf. „Aber im übrigen", fuhr sie nun doch etwas genervt fort: „Eine der höchsten Formen der Intelligenz ist die Anpassung. Wir Menschen sind soziale Wesen. Wo kämen wir hin, wenn jeder nur noch sein eigenes Ding drehte? Was hat man davon, wenn man sich ständig mit einer Art Todesinjektion aus diesem Leben an den Rand jeglicher Existenz oder über diesen hinaus befördert? Man kann doch Anderen so vieles geben und schenken. Vielleicht für Andere eine Stütze darstellen, einen Halt oder sonstwie der Menschheit dienen. Der Mensch erhält doch auch einen Auftrag oder eine Art von Sendung mit seinem Eintritt in die Welt!"

Worauf Ceriso antwortete: „Doch wenn er nicht dazu in der Lage ist, weil seine Seele, sein Körper streiken, weil deren psychische Verletzungen zu groß sind, sodass er Anderen nicht in dem Maße etwas sein kann, wie sie das etwa von ihm erwarten?
Dass seine ursprüngliche Sendung durch all dieses oder durch gewisse traumatische Erlebnisse in der Vergangenheit hinfällig geworden ist – was dann?"

„So sollte er versuchen, die Seiten seines bisher beschriebenen Lebensbuches zu schließen, zuzuklappen, um weiterzublättern oder ein neues Buch herzunehmen. Vielleicht zeigt sich ja darin etwas Kommendes, gänzlich Neues."

„Wohl kaum", meinte er resigniert: „Denn er hat ja schon eine Krankheit, ein Auflehnen der Psyche in sich, das ihn Kraft kostet – erhebliche Energie. Du weißt, wie oft habe ich etwas in dieser Richtung schon unternommen."

„Das ist mir zu resignativ!"

„Das stimmt! Ich werde es wieder tun! Ich werde nicht aufhören, mich zu regenerieren. Das habe ich dir versprochen! Ich werde einen Ausstieg versuchen."

Sie: „Ich will dir ja helfen!"

„Ich weiß, ich weiß! Sonst würde ich solche Gespräche mit dir überhaupt nicht führen. Glaubst du, ich hörte mir von jedem x-beliebigen Menschen so etwas an?
Ich habe auch meinen Stolz!
Vielleicht verstehst du mich ja, Sila. Oder muss ich meinen Weg alleine weitergehen?"

Das Licht traf während dieses Gespräches auf ein Bild, das ihr Freund in den letzten Tagen mittig an die Wand gehängt hatte. Es zeigte einen Mann von bäuerlichem Geschlecht, mittleren Alters, mit einem Cognacglas in der Hand. Er hatte ein grobes Gesicht und trug einen derben festen Filzhut. Die harten Jahre seiner Arbeit schienen ihn geprägt zu haben. Trotzdem wirkte er müde und zufrieden wie nach getaner, gut erledigter Arbeit. Der Strahl der Sonne erhellte die rechte Hintergrundseite des Bildes, das in einem schweren goldfarbenen Rahmen sich befand, und umgab es mit einem warmen Glanz. Es leuchtete auf. Der Maler hatte es in Erdfarben gehalten – so wie die Felder und weiten Wälder.

Ceriso: „Ich liebe einfache Menschen, die ohne Schnörkel sind, die noch Spaß haben, in einem Weiher oder einem natürlichen Fluß zu baden, die nicht immer gleich in Panik geraten wegen der Wasserqualität und sofort … Schließlich, solange darin die Fische schwimmen!"

„Denen noch ein Butterbrot schmeckt!" ergänzte Sila „die sich noch über Quark mit Schnittlauch und Pellkartoffeln freuen können!" So denke ich auch. „Es muß nicht immer gleich Kaviar sein – das schwarze Gold der armen Leute!"

Er: „Wenn auch … fein ist der schon! Die transparenten Perlen des roten sind auch nicht schlecht! Ich werde dir sowas besorgen! Und, was ich dir sonst nicht alles besorgen werde! Verzeih mir den Ausdruck! Dein Korsett aus roter Spitze mit diesem dunklen Lilaton als Ziernaht … Wauuuu! Baby, du machst mich verrückt, weißt du? Und dann … das Rascheln deiner Wimpern an der Bettdecke! Ich wüßte mir kein lieberes Geräusch! Ich bin dir verfallen!" sprach so und fiel vor ihr auf die Knie.

Weiter: „Gott sei Dank, dass du so kräftig bist, obschon du so zart wirkst. Ja – zart und fragil." Sein Blick maß ihre Handgelenke.

„Achja …", fuhr er fort: „und anschließend erwartet uns ein ‚Veuve Clicquot'. Er steht bereits in einem Kübel mit Eiswürfel parat!"

Am nächsten Tag hielt sich Sila an einem Kiesweg auf, der sich von ihrem Wohnort zu einem anderen Dorf spannte. Sie ging spazieren. Dieser beinahe weiß wirkende Pfad reflektierte die Sonne so, dass sie kräftig und glühend auf den Scheitel ihres Haares herniederbrannte. Sie genoss den warmen satten Strahl des bald schon späten Sommers, der ihren Kopf erhitzte und ihre Gedanken betäubte. Als sie zurückkam, war ein leichter Schmerz an ihrer Fußsohle auszumachen. War sie auf einen spitzen Kieselstein getreten?

Im übrigen verging der Tag oft so schnell, dass ihr dessen Eile beinahe den Atem nahm. Womöglich war es die gefühlte Schnelligkeit derer, die in Sorge gewickelt waren, deren Gedanken neben all ihren Tätigkeiten rund um die Uhr beschäftigt waren. Doch auch Glück bedient sich oft eines hurtigen Fluges. Als würde man es wegpusten, so verschwindet das Lachen und gehen die schönen Stunden dahin. Sila fällt der Satz dazu ein: „Wie ein Sturm weht die Zeit …"
Wenn sie in den Spiegel sah, vermeinte sie erste Fältchen zu entdecken. Und, färbte sich nicht bereits ein feiner Ansatz ihres Haares grau? Er, Ceriso würde abwehren: ‚Sie bilde sich das ein. Eine einzige hauchdünne Strähne habe er erkannt – nicht mehr. Das sei Alles.' Weiter: ‚Worüber man sich so Gedanken mache!'

Nach ihrer Rückkehr, zuhause, in ihrer Wohnung, legte sie eine CD in ihren Kassettenrecorder – mit Musik, die noch aus den alten Zeiten stammte, aus der diverse Reggae-Klänge aus der Karibik, in diesem Falle aus Jamaika, nach Europa herübergeschwappt waren. ‚Let your yeah be yeah' sang ein Jimmy Cliff: ‚and your no be no' oder ‚Hard road to travel' und ‚Wild world'.
Cliff, der in James Chambers in St. Catherine, geboren wurde – und, nachdem er seinen Heimatort mit Kingston getauscht

hatte, relativ bald zu Berühmtheit avancierte. Das war im Jahre 1962.

Und sie dachte daran, wie sie bei einem früheren Spaziergang einen großen schwarzen Vogel über dem Felde hatte kreisen sehen, der laute ächzende Schreie in die damals winterliche Landschaft gestoßen hatte. Die Töne hatten sie an die irren und wilden Auftritte mancher Bands und Sänger erinnert, die über dem Gelände des Woodstock-Festivals ihre kruden Schreie von Wehmut und Einsamkeit in die Luft warfen – Töne der Finsternis – aber auch ausgelassene rockige Lebensfreude. In Woodstock, wo ein Jimmy Hendrix seine Gitarre zertrümmerte und der Santanas-Sound entdeckt wurde. Woodstock – das wie eine berauschende Droge über die Besucher herfiel – wo sich die Geister absoluter Freiheit unter dem Horizont des Mottos von Sex, Drugs und Rock'n Roll versammelten. Woodstock, das zu einer Revolution führte, zu einer sich neu entwickelnden Denkweise, die dem Establishment, der Prüderie und der Enge gelebter Zeiten ein endgültiges Ende bereitete. Woodstock: das war der Aufschrei, das Aufbegehren einer Unzahl von Jugendlichen gewesen, die ihre Jahre künftig dem Nirwana schenken und ihm dienen wollten – wie die Bezeichnung auch der gleichnamigen Band unter Kurt Cobain erahnen ließ. Cobain, der schon in jungen Jahren aus dem Leben trat; überwältigt von den nicht mehr beherrschbaren Zuständen seiner Zeit.

Sila fielen auch Schauspieler dazu ein, wie: Romy Schneider, die unter der Regie des hochbegabten Italieners Visconti im grandiosen Epos ,Boccacio' agiert hatte. Visconti, der einige Zeit vorher ihren Verlobten Alain Delon, ad hoc, von der Straße weg, zum Film gebracht hatte und diesen damit in eine Weltkarriere hineinstieß, die ihres Gleichen suchte.

Da waren die Existenzialisten ... Da traf sich Romy Schneider im Café Deux Magots im Pariser Stadtteil Sein-Germain des Prés mit Künstlern und Literaten wie Jean-Paul Sartre, Albert Camus und Picasso. Sie, die nur unweit davon entfernt, in der Rue de Bonaparte, wohnte, war dort Stammgast und Muse, Gauloise rauchend und diskutierend.

Und es entstand der Film unter dem französischen Regisseur Sautet ‚Die Dinge des Lebens' mit ihrem Schauspielkollegen Piccoli und es wurden andere zahlreiche Projekte mit der fleißigen Romy abgedreht.

Die Wegbereiter dieser Zeit waren in den 50iger-Jahren: Marilyn Monroe, deren Ehemann, der Schriftsteller Arthur Miller, der seine Kurzgeschichte ‚Misfits' auf Anraten des berühmten Fotografen Sam Shaw als Drehbuch umschrieb, um Marylin die Hauptrolle zukommen zu lassen. Marilyn, die von sich sagte, dass sie ein Sex-Symbol sei. Ohne Zweifel war es so, dass sie bereits zur damaligen Zeit die große Freiheit dargestellt und repräsentiert hatte.

Da war eine Brigitte Bardot und deren späterer Ehemann, der gleichzeitig auch ihr Entdecker war: Roger Vadim, unter dessen Regie ... ‚und immer lockt das Weib' entstand. Die Stars dieser Zeit verkörperten häufig lustvolle Schönheit und Sinnlichkeit. Sie waren die unerreichten Göttinnen der Leinwand, deren umwerfender Ästhetik ganze Generationen nacheiferten.

Des Weiteren waren Marcello Matroianni und Claudia Cardinale in der bekannten Verfilmung ‚Bel Antonio' in den Kinos zu sehen. Da gab es die Rockstars: Elvis Presley, Peter Kraus und viele andere ... gab es eine Jane Fonda, den legendären James Dean, und 10 Jahre später: das deutsche Fräuleinwunder Uschi Glas.

Da spielte, 1961, Christine Kaufmann in ‚Via Mala' und jetteten die Getty-Zwillinge, bepackt mit Abenteuerlust und Freiheitssinn um die Welt. Da erschloss sich das Rimini-Riviera-Gefühl in Italien, das Sehnsuchtsziel von Generationen … gab es Twiggy mit ihrer Magersucht und, nicht zuletzt das Pärchen Sonny and Cher mit
‚The Beat goes on'.

Und, so ließe sich die Liste fortsetzen, die in Silas Gehirn zu kreisen begann. Unter Anderem erinnerte sie sich auch an den Rennfahrer Niki Lauda, der, aber das war bereits in den 80iger Jahren, in Monaco zum Siege fuhr.

Und, in ihren inneren Notizen hätte sie fast vergessen: die Beatles, die Stones, eine Marianne Faithful und das Groupie Anita Pallenberg. Ja, die Bands … Da waren Procul Harum und die Doors, The Who und Dave Dee, Dozy, Beaky, Mick and Tich – um nur einige wenige zu nennen. Da trat eine Spencer-Davis-Group aus dem Schatten der Erinnerung – gab es eine gedankliche Begegnung mit Yoko Ono, die anläßlich einer Einladung zum Londoner ‚Destruction in Arts Symposium', während einer Ausstellung ihrer Werke in der ‚Indica Gallery' ihre große Liebe John Lennon kennenlernte, mit dem sie später Aktionen wie ‚bed for peace' durchführte und auch diverse Alben besang. Und, wer kennt heute noch ihrer beider Aufnahme im Tonstudio: ‚1 & 2'?

Der aufsehenerregende Roman des Schriftstellers Henry Miller, des Freundes und Kollegen der berühmten Autorin Anais Nin: ‚Wendekreis des Krebses' geistert, im Nachhinein, auch heute noch wie ein roter Faden durch die Literaturlandschaft. Er war ein Produkt der 40-Jahre … also lange schon vor der Woodstock-Zeit. Sodass die beiden und mit ihnen viele andere bekannte Stars bereits unter anderen die Urheber der einmal nachfolgenden Love-and-Peace-Bewegung waren, die diese neue Lebensanschauung in Gang zu setzen wussten und beflügelten.

Sodass man sagen konnte: Mitte des 20. Jahrhunderts gab es ein Erstarken des durchaus natürlichen, freiheitsliebenden Ichs, das allen Normen und vorgegebenen Gesetzen widersprach, das einzig auf sein Individuum pochte – mitunter beinahe gnadenlos. Und die Szene mit dem flatternden Plissee-Kleid Marilyn Monroes aus der 51st Street, Ecke Lexington Avenue, die von einer Unzahl von Fotografen in ihre Kameras gelinkt wurde, war sozusagen ein weiterer Auftakt in eine generationsübergreifende gesellschaftliche Veränderung.

Letztendlich zerstörte sich der Wunschtraum eines besseren Lebens selbst. Die Hemmungs- und Zügellosigkeit brachte Chaos mit sich und Verelendung. Zudem war die Infektionskrankheit AIDS auf dem Vormarsch. Eine Idee löste sich langsam auf.

Sila, und das geht aus all ihren Gedanken hervor, war ein absoluter Fan der Filmgeschichte. Liebend gerne hatte sie sich die nun bald schon als historisch zu bezeichnenden Filme und Trailer des abgelaufenen 20igsten Jahrhunderts angesehen und sich intensiv dem Studium auch des interessanten Kapitels der damaligen Musik gewidmet. Sie war zweifellos ein modernes Mädchen; doch war sie ebenso verwurzelt auch in die Kongenialität dieser früheren Zeit, in der der künstlerische Ausdruck noch unmittelbar und authentisch war und mit geringeren technischen Möglichkeiten auszukommen wusste – in eine Zeit aber auch ungeheurer technischer Fortentwicklung.

In diese Ära, in diese temporären Begebenheiten war damals auch die Geburt des Schwarz-Weiß-Fernsehens gefallen – auf den Tag genau: am 20. Dezember 1952. Vorher hatte man sich mit Magnetophonbändern die Zeit vertrieben und mit Spiegelreflexkameras die Umgebung festgehalten. Als das Fernsehen seinen Einzug in die Wohnzimmer hielt, konnte man es sich nach einem langen Arbeitstag mit Chips und Brezeln auf der Couch gemütlich machen. Das Leben wurde um Einiges leichter.

‚Bilden manche Menschen vielleicht die Reste dieser damaligen, unter Anderem in Woodstock manifestierten kulturellen Umwälzung, und setzen sie sich auch von daher, mit ihrem ungebändigten Willen gegen alle Normen und Gewohnheiten durch? Sind diese Menschen unter Anderem gewissermaßen Gestrandete aus einer Zeit, die die Willkür zu pflegen verstand, und ihren überbordenden Gefühlen folgte? Gehörte nicht auch sie, Sila, zu diesen Menschen, da sie unkonventionell und ungestüm lebte?‘ Doch gleichzeitig beruhigte sie sich: ‚Wo kämen wir hin, wenn der Mensch sich nicht einmal mehr frei entscheiden könnte? Vielleicht nur noch den Regeln einer übergeordneten Staatsräson gehorchend …‘

Mit diesen Gedanken suchte sie ein Waldstück auf. Ja, sie schälte sich durch den Wald, man könnte sagen: kämpfte sich da durch. Denn immer wieder versperrten Brombeerbuschzweige mit ihren spitzen Dornen ihr den Weg.

Dornröschen hinter Hecken.
Und wo war ihr Prinz Ceriso an diesem späten Nachmittag?
Was machte er gerade – in diesem Augenblick?
War er stark genug, durchzuhalten?
Lag er gerade auf dem Bett mit seiner unverschämt hübschen

Figur – vielleicht halb schlafend und entspannt?
Erledigte er seinen Haushalt?
Der war sauber und gut gewartet.

Ihr fiel eine Bitte dazu ein: ‚Der Herr gebe ihm die Kraft
und guten Mut und führe alles zu einem guten Ende!‘

Nach ein paar heftigen Regenfällen der letzten Stunde, trat
nun die Sonne auf den Horizont. Es regnete mittlerweile nur
noch ganz leicht und fein. Da war eine zaghafte Nässe, mit
der die Sonne ein enges Beieinanderstehen bildete, sodass
eine Wetterkapriole bald die andere abzulösen schien. Der
intensive Geruch des Waldbodens stieg nach oben. Da war
ein Geschmack nach feuchter Erde und Pilzen. Sila trug ein
weißes Kleid mit großen aufgemalten Rosen. Ja, sie hatte sich
schön gemacht für den Wald, als wäre er ihr Geliebter. Zu
ihrer rechten Seite – sie war inzwischen auf einen Feldweg
getreten – nahm sie das Lila-Schwarz eines Wiesenstücks mit
völlig verwelkten Sonnenblumen wahr.
Sonnenblumen, die so morbid und verwaschen aussahen, als
wäre ein Schwarm von Krähen darübergeschlüpft und hätte
mit seinem aufgebrachtem Streifzug deren kongeniale Blüte
verwüstet. Dessen Reste düsterer zerzauster Blütenstempel
trieben haltlos jetzt im Winde. Sie schaukelten hin und her,
auf hageren ausgetrockneten Stengeln – zerbrochen und zer-
schlissen unter dem staunenden Horizont -hin- und herwie-
gend wie feine strohige Halme von Getreide, nur höher, und
doch gebrochen und gebeugt schon von Hitze und Stürmen.
Über all dieser irreal erscheinenden Sphäre lag eine Sonate in
der Luft. Von Beethoven …? Ceriso hatte einmal gesagt: ‚Be-
vor Gott die Erde schuf, setzte er sich ans Klavier!‘ Wer hatte
diesen Satz ursprünglich geprägt?

Die Felder in der Ferne, die sich über einen halbhohen Berg schlängelten, waren moosgrün. Sie wiesen beinahe geometrische Formen auf. Es war ein in diversen Grüntönen gehaltenes Farbspiel auszumachen. Aber es gab auch blau-dunkle Stellen auf matt-grauem Hintergrund, die wie mit Tuschkastenfarbe gestrichelt zu sein schienen. Die bootsähnlichen fein beladenen Wolken, aus denen schrittweise die Regenschauer drangen, wirkten wie gemäßigt an den Horizont gesetzt, um dort in beschaulicher ruhiger Gehweise zu verharren. Nur leicht kamen sie in Schritt durch einen sanften lauschigen Wind, der so verhalten war, dass man seiner kaum gewahr wurde.

Das Gezwitscher der Vögel hatte nachgelassen, wohlwissend, dass die wärmende brandige Sonne des Sommers sich auf dem Rückzug befand. Ab und an vernahm man lediglich noch einen Krähenschrei oder einen Kuckuck. Wo waren die gurrenden schweren Stimmen brünftiger Tauben? Und es fehlte das sagenhafte Klappergeräusch einer Rohrdommel, das auf kuriose Art dazwischenbretterte. Die höheren Töne der kleineren Luftbewohner wirkten nun: gedämpft, zart, wie ein warmer Hauch leiser Musik.

Die Klang- und Sangeswelt des Frühlings – des erwachenden Jahres – ein überwältigender Sommer ... Der Beginn des Herbstes hatten sie abgelöst. Ceriso sagte einmal: ‚Ist dieser Spaziergang durch die Welt, durch das Leben, am Ende nicht mehr als eine Farce? Es handelt sich um ein Hineinbringen in die Zeit, Baby!'

‚Doch wie schön konnte dieses ‚Hineinbringen' – wie er sich so ausdrückte – aussehen, umgeben von herrlichsten Sentenzen der Natur', dachte Sila.

Neulich hatte er ihr ein paar Zeichnungen gezeigt, die er gefertigt hatte. Ja, es waren wirklich kleine Kunstwerke.

‚Come da Vinci?' hatte er sie dazu gefragt. Und, sie hatte zugeben müssen – sie waren äußerst fein gestrichelt, von leichter Hand.

Er merkte dazu an: ‚Ich kenne einen Maler, der sagte, er habe nie einen schöneren Sommer erlebt, als in jenen Jahren, in denen er Farbe auf die weißen Leinwände aufgebracht hatte – Leinwände, die vor ihm dastanden wie Segel im Wind ...'

Am nächsten Tag wollten Sila und Ceriso auf die Herbstdult. Es war ein noch milder Septemberanfang. Haselnüsse lagen auf dem Boden – manche von ihnen halb aus der Schale gefallen – und ein paar gestrandete Blätter. Man nahm den Donauweg unter der Brücke, der von Stadtamhof aus am Spitalgarten vorbeiführte. Der Weg war holperig und steinig und wurde unterbrochen von vielen Küssen und Umarmungen des Pärchens.

Der Tag lag bereits in der Dämmerung.

Die Lichter brannten schon allüberall.

Große Schiffe lagen in der späten Abendsonne auf dem Fluss wie eine weiße Elegie. Der Schein der Sonne darüber und die von ihm erhellten Gebäude verliehen ihnen eine golden schimmernde sanfte Eleganz. Ein zarter Nebel hüllte das Geschehen ein und hob die vorüberfahrenden Autos auf einer Brücke in der Ferne in ein fein-milchiges Licht. Dieses verband sich mit dem zartgrauen Horizont, sodass es aussah, als würden die Fahrzeuge wie von Hand getrieben über die Brücke geschoben: schemenhaft, zärtlich und bald schon unwirklich.

Das Wasser wies an manchen Stellen des Flusses dunkle und schattige Abschnitte auf, die diesen unergründlich und düster aussehen ließen. Doch in der Mitte glitzerte in einem schwarzen Farbton ein breiter Streifen wie eine Straße, die auf dem Wasser dahinführte, und die sich, je mehr sie sich dem Auge entzog, zu verjüngen schien. Ein breites Band schien das zu sein, ein diffuser Weg: finster, von rauchigem Dunst.

„Das ist es, warum ich diese Stadt so liebe", sagte Sila: „Der Fluss, beglänzt von Jahreszeiten, getrieben von einer wilden Kraft – der wiederum aber auch mutig und gefasst dahinfließt in träger Manier."

Die Klänge der Dult kamen näher.
Als Ceriso und Sila um die Ecke bogen und die kleine Brücke über dem Nebenarm der Donau überquerten, wirkten diese Klänge: laut und etwas feist. Blasmusik war zu hören.
Der Himmel hatte sich nun etwas zugezogen und ließ nur spärlich noch die Sonne durch. Die Laternen auf der Brücke erhellten das vom verbleibenden Abendlicht und von Nebeln und Schatten getragene Wasser. Und es kamen die wie in Watte gepackten Mikrofonstimmen näher, die die angebotenen Vergnügungsabläufe der einzelnen Karusselle und Jahrmarktbuden dokumentierten und kommentierten. Auf und ab ging der Tonfall der Stimmen, wie ein sanfter Wasserfall. Manches Mal schien er in eine hohe Kurve zu verlaufen wie in ein bewunderndes ‚Ah' – sodass … diese Stimmen waren auch langgedehnt gehalten, auf dass man sich das einen zu erwartende Vergnügen vorstellen sollte und konnte, Ja, diese Stimmen schienen das Vergnügen heranzuholen und das davor und daneben wartende Publikum auf pikante Weise zu einer tätigen Teilnahme daran aufzufordern.

Sila hakte sich bei Ceriso unter.
Sie lachten.

Autos fuhren vor ihren Blicken die Straßen auf und ab. Sie hatten damit nichts zu tun. Sie genossen die Freiheit der Fußgänger.

Sie sprangen und hüpften. Sie waren ausgelassen. Der Boden unter ihren Füßen gehörte ihnen.

Nachdem sie das Freizeitgelände betreten hatten, schlenderten sie erst einmal durch die Warendult. Sila fasste auf diesem Rundgang zwei hübsche Essteller aus Porzellan mit italienischem Dekor ins Auge, die sie bei ihrem Rückweg mitnehmen wollte. Auch einen Staubwedel könnte sie gebrauchen, überlegte sie. Sie hatte einen gesehen bei einem Bürstengeschäft, der handgearbeitet war – ein nobles Teil, das ein gefedertes Kopfteil aufwies. Auf einem Schießstand, im Innenbereich des Vergnügungsparks, legte Ceriso das Gewehr an und Sila erhielt eine rote Rose. Bei ,Hau den Lukas' schnellte ihres Geliebten gemessene Kraft auf die höchste Punktzahl, was sie nicht wunderte. Schließlich gab es noch bei einer bekannten Eisdiele für beide gebrannte Mandeln. Bei der abschließenden Fahrt im Riesenrad genossen sie eine phantastische Aussicht auf die darunterliegende Stadt. Ein großes Menschengedränge im Innenbereich der Dult schob die beiden hin und her. Sila bekam auch noch ein Herz mit einer Aufschrift aus Zuckerguss und sie ließen sich zwei Knackersemmeln schmecken. Vor den Autoscootern standen viele junge Leute in Schlangenreihen. Sie hielten Teddybären in der Hand oder einen Blumenstock, die sie bei einem Losstand erworben hatten, und trugen ein seliges Leuchten auf den Gesichtern. Auch Sila und Ceriso ließen sich für ein paar Fahrten lang von den buntlackierten roten, gelben, blauen und grünen Bull-Cars hin- und herstoßen –
zum Takt rhythmisch-lauter angesagter Hipp-Hopp- und Rockmusik oder sehnsuchtsvoller nostalgischer Schlagermelodien.

Ceriso war an diesem Tage in ein Hemd von zimtfarbener Alcantara in weicher schmusiger Qualität gekleidet. Es wies Fransen auf an der unteren Ärmelkante, die bei seinen Reden, Gesten, immer ein wenig mitschwangen. Er trug dazu eine schwarze geschnürte Lederhose. Ein Beinkleid, das schimmerte unter dem restlichen Spätsommerlicht und jeden seiner Schritte mit einer verführerischen Nuance umgab, sodass er dahinging, wie ein Mann, der aus den Wolken gefallen war, nur zum kurzzeitigen Verweilen gedacht. Sie trug einen breiten metallig-schillernden Ledergürtel um ihre Hüften – mit aufgesetzten Similisteinen. Um ihre Hand baumelte ein Goldkettchen. Ihre Jeans waren etwas weiter im Schnitt: mit roten Steppnähten und in einem höchst leuchtenden Farbton aus Aquamarinblau. Die Aufmachung des verliebten Pärchens zog Blicke auf sich. Es fehlten nur noch die Gitarre in der Hand und die Begleitung einer ungezähmten Wildhundes – ein VW-Bus in der Nähe und die staubige Arena einer Route 66 …

Bei sich Zuhause, anschließend, am späten Abend, hob Ceriso Sila hoch, ganz in Wildwestmanier, und drehte sich mit ihr im Kreise … schneller, schneller … bis sie beide außer Atem kamen.

„Na …!" sagte er: „Schon geritten, heute Nachmittag, Lady …!"
Was diese delikate Anzüglichkeit bedeutete, wusste sie sehr wohl und war deshalb auch über seine weiteren Handgriffe und Tätigkeiten gar nicht weiter erstaunt und überrascht. Schließlich kam man sich erheblich näher als in sämtlichen Büchern steht der Welt.

Am nächsten Morgen rief er aus: „Die Sonne im Herbst macht mich wahnsinnig an! Sie inspiriert mich, rauszugehen und mich von ihrer goldenen Wärme berieseln zu lassen!", befand das so und ließ auf sein gebeugtes Haupt die flimmernden Strahlen fließen.

„Dann ist noch nichts verloren!", lachte Sila.

„Es stimmt, da ist eine Hoffnung in mir." Er wies auf eine Edelkastanie: „Oh … uno castagno!" Weiter hob er seinen Blick jetzt empor in Richtung des leuchtenden Himmelsgestirns, um schwämerisch auszurufen: „Oh sole mio …!" Tatsächlich drang die Herbstsonne heute in die entferntesten Winkel. Sie beleuchtete alle Ecken und Straßenzüge. Nichts war vor ihr sicher. Auf die Felder glitt sie hinaus und bewarf sie mit ihren gebündelten Garben. Die ganze Landschaft wurde von ihr beseelt. In den Städten umwandelte sie die roten Dächer der Häuser in ein sattes Orange, die Straßen hellte sie auf, die Kamine strich sie neu, die Erker und Türme wurden von ihr mit heller transparenter Farbe versehen und in die Gassen goss sie seidene Milch. Häuser winkten sich zu. Tauben kletterten auf ihre Schnee- und Laubgitter, hockten sich darauf und guckten ungläubig in die späte Sonne oder putzten sich behende ihre Flügel und ihren Brustbereich, plusterten und blähten ihre Körper dazu auf und vergaßen darüber nicht, ihre kleinen flinken Köpfe nach allen Seiten zu drehen. Eine Katze, auf dem Pflaster darunter, schlich, sich vorsichtig vortastend, heran: gedeckt, lauernd, jedoch wohl wissend oder zumindest ahnend, dass die Vögel da, über ihr ob deren Entfernung nicht zu erreichen waren.

Wilder Wein schlang sich um Häuserwände: in diversen edlen Rottönen. Kleine Weintrauben an länglichen leicht gekrümmten Pflanzenteilen waren zu sehen. Vorübergehende Frauen hatten ungeniert die ihnen gebotene Farbpalette des Herbstes ergriffen und modisch umgesetzt. Sie schmückte ihre Umhänge, die sie über die Schultern geworfen, trugen, und auch ihre Röcke und die ihre Beine umhüllenden weiten oder engen Hosen. Sie schienen Teil dieser herbstlichen Symphonie zu sein, so, als hätten sie selbst diese warmen Töne kreiert, und die Natur hätte lediglich als Statistin fungiert und gedient. Der Himmel, der an diesen Tage ein etwas zaghaft anmutendes Blau hinzugab, verlor sich in der Ferne in ein weißliches Grau. Silbrig schimmerte der Fluss darunter, der sich zwischen den zu beiden Seiten des Ufers darüberliegenden Häuserreihen erstreckte und sich, von letzter Sonne beglänzt, etwas müde dahinwand und sich kaum fortzubewegen schien – der beinahe erstarrt wirkte, wie eingefroren, Auf ihm liegende Boote schaukelten gelangweilt und untätig vor sich hin.

Man vernahm das laute Schnattern von Enten und auf ein Mal den tiefen warmen Ton einer Glocke einer Kirchenuhr – einen Viertelton, der eine gewisse Zeit benannte. Es gab auch ein paar Läufer, die von ihren frei sich bewegenden Hunden begleitet wurden. Läufer: in Jogginghosen gekleidet, die zu beiden Seiten der Beine häufig leucht-orange oder grell-grüne Streifen aufwiesen. Auch diverse andere Muster waren zu sehen: geometrische Kreise etwa, Dreiecke oder andere aufgemalte Zeichen in spitz- und rechtwinkeliger oder in rautenähnlicher Form.

Besonders an den frühen Morgen schien jetzt zuweilen ein matter Farbton über der gesamten Landschaft zu liegen, sodass sie anmutete wie mit Pastellkreide überzogen und von linden Sphären angehaucht.

Eine ihrer Bekannten wurde von Sila heftig beneidet ob deren Nähe zum Fluss. Der Fluss, der für jene greifbar war und quasi um die Ecke lag, während sie, wollte sie sich ein Badevergnügen gönnen oder eine Auszeit an dessem schönen

Ufergelände, erst einmal eine kilometerweite Anfahrt in Kauf nehmen musste. Auch die Wohnung dieser Bekannten, die einen langgestreckten Balkon aufwies, und auf dem, während entspannter Aufenthalte, direkt schon die Wassertropfen spürbar waren – auf dem einen sozusagen die leicht neblige Atmosphäre des naheliegenden Wassers anwehte – auch diese war für sie ein kleiner Traum.

Der Fluss – diese mächtige dahintreibende Quelle, die nie zu erlahmen schien, die kraftvoll war und fordernd zugleich, die schäumte, gurgelte und litt – unter Stürmen und Trockenheit, oder auch im Winter, wenn bleischwer das Eis auf ihr lastete.
Der Fluss … der mit den Menschen ging und mit ihnen sich bewegte, der ein Neutrum darstellte der Ewigkeit, Der aus dem Universum herausgebrochen zu sein schien, der ein Schatten war oder eine Schneise, der zerbersten konnte und zerspringen – der Ufer, ja ganze Städte für sich einzunehmen in der Lage war, wenn der Teufel ihn entfesselte und befreite.

„Am liebsten würde ich in einer Einsiedelei wohnen, wo nur ein Schaf blökt und nur der Laut einer Ziege ertönt, anstatt ständig mit diesem ganzen Lärm der Neuzeit, der auf mich wie ein Schwert herniedersaust, zu leben!" So Sila während eines Gespräches mit Ceriso.

„Aber du liebst es doch auch, Auszugehen und dich in ein Getümmel von Menschen hineinzuwerfen! Du bist doch keine Kostverächterin, diesbezüglich! Ich denke da an ein abendliches Vergnügen, beispielsweise!"

„Da hast du Recht! Aber ich sehe einfach, dass der Straßenverkehr immer mehr expandiert, ja, eskaliert! Das macht mir Sorgen! Wie wird das in einigen Jahren aussehen?"

„Dann musst du dich auf den ökologischen Trip begeben! Steig um auf ein Fahrrad, statt dich der öffentlichen Verkehrsmittel zu bedienen, Baby! Das ist wohl klar!"

Knie vor mir ...

Als Sila ihren Freund nach ein paar Tagen wiedersah, sah sie sich mit gänzlich anderen Problemen konfrontiert, sodass sie sich bezüglich der Umweltproblematik keinen Sorgen mehr hingeben konnte.

Er hatte sein Zimmer in eine dezente Unordnung gebracht, als wäre er eine schlampige Diva. Ein paar halbleere Flaschen mit Alkoholresten standen herum, ein paar benutzte Gläser, daneben befand sich ein Wasserglas. Entleerte zerknüllte Zigarettenschachteln waren über den Boden verstreut. Der Aschenbecher war voll mit Kippen. Ein paar leere Spritzenhülsen lagen auf dem Tisch – daneben einige Medikamente. Ausgezogene Socken lagen zusammengeknüllt in der Ecke. Ceriso trat auf sie zu und wollte sie auf das Bett drängen. Sie wollte erst einmal Ordnung schaffen. War hier eine Party abgegangen? Es sah so aus.

Auf seinem Zimmerspiegel war ein roter Lippenstift zu sehen, genauer gesagt: der Abdruck eines Kussmundes. Das Bild an der Wand schien Sila heute zuzuzwinkern. Sie vermeinte auf Cerisos auf den Boden hingebrachtem schwarzem Hemd eine hauchdünne blonde Strähne entdeckt haben, die eine Grünnuance aufwies – ein gefärbtes Blondhaar, das an Wasserstoffsuperoxyd erinnerte. Sie stellte sich eine Nymphe dazu vor: ein junges Mädchen – vielleicht mit einem Bubikopf oder einem weich über die Stirn fallendem Bob.

Sein Blick begegnete ihr kurz. Sie erriet, dass er um ihre Gedanken wusste.

Vielleicht trug die junge Frau auch Seidenstrümpfe, so wie sie, Sila, die das Chemieunternehmen DuPont erstmals auf den Markt geworfen hatte und dessen ursprünglicher Erfinder sich kurz nach deren Patentanmeldung das Leben genommen hatte?

Sie tröstete sich.
Vielleicht war es lediglich ein Sonnenreflex gewesen, der sich über Cerisos achtlos hingeworfenem Kleidungsstück darübergelegt hatte ... Ravels ‚Bolero' tat sich innerlich in ihr auf. Die Töne ließen ihr das Herz erzittern.
Sie wandte sich um: „Ich werde nun gehen!"
Er hielt sie zurück: „Nicht so, Baby! Ruf mich wieder an! Ich komme!"

Tatsächlich rief sie ihn bald.
Es liegt in der Natur der Sache, dass gerade solch ungelöste oder unerhörte Ereignisse im Bereich der Liebe eine fatale unerklärliche Sucht auszulösen vermögen. Da ist eine Hilflosigkeit, ein gewisser Schmerz auch und das Verlangen, das dennoch besteht.

Die Herbstsonne legte erste rosafarbene Spitzen an den Bäumen frei. Sila hörte junge Menschen lachen, die noch nicht gebrochen waren von den Herbst- und Wintertagen des Lebens. Ihre Stimmen wirkten sonnig, klar und spritzig. Wie kleine Perlen fielen sie aus den Kehlen und erhellten die Atmosphäre.

Sie wollten sich am Flussufer treffen.
Sila begab sich dahin.
Die ersten Blätter fielen.
Eine Frau mit einem farbfroh-gemustertem Rucksack saß auf den monumentalen Steinquadern neben dem Wasser

und genoss die Aussicht. Ein Motorboot mit gemäßigter Geschwindigkeit kam heran, durchpflügte sanft das Wasser und glitt majestätisch und elegant in einer Schaumkrone dahin, die es umgab und begleitete. Für die Steinerne Brücke darüber war das alles nicht neu. Stoisch stand sie da und trutzig. Was hatte sie in mehr als 8 Jahrhunderten nicht schon alles erlebt und gesehen? Sie schwieg dazu ehern wie der nicht weit davon entfernt liegende Eiserne Steg.

Cerisos Teint war sehr dunkel, jetzt. Er trug das Haar zu einem Chignonknoten geschlungen. Der heiße Sommer hatte seine Nase noch schmäler und seine Gesichtszüge noch edler geformt. Er mutete an wie Sternenstaub: leicht und frei. Er hätte ein Bewohner des Pazifik sein können; ein Insulaner. Ein exotischer Flair umwehte ihn – ein Hauch von Südseeromantik. Um seinen Mund lag das Lächeln derer, die Tag um Tag mit dem Windhauch eines glitzernden Ozeanes in Berührung kommen.

Sie schlenderten am Donauufer entlang.
Später … bei ihm Zuhause, servierte ihr Ceriso ‚Spaghetti mit Thunfisch und Kapern‘ nach Seemannsart. Sinngemäß trug er heute ein T-Shirt dazu mit breiten blauen Blockstreifen nach Art von Gaultier. Ein Klavier war zu hören. Jemand spielte hinter einem geöffneten Fenster. War es Beethovens ‚Elise‘? Kaum ein Instrument geht so an die Substanz wie ein Klavier …

Das mit den halbgeöffneten Rolläden bedeckte Fenster und ein Lichtschein davor ließ das Paar doppelt durch Türen gehen. Ihre Körper spiegelten sich in der Scheibe, sodass sie aus ihr herauszutreten schienen: zwei schöne begehrliche Wesen – wie in Leibern der Unwirklichkeit … tief in dunkle Schatten gelegt, aber doch lebendig, greifbar und bestimmt – eine verträumte Montage, ein blasses Schattenbild des möglichen Tages.

Wenn eine gedankliche Unruhe sie quälte, nahm Sila gerne Bücher zur Hand. Diese hatten ihr schon während ihrer Teenagerzeit aus manchem Dilemma geholfen. Und sie verschlang sie geradezu oder wurde von ihnen verschlungen und auf den Boden gezerrt und verdammt. Denn sie wollte so sein wie die Protagonisten ihrer gewählten Literatur – die durch Rauch und Fröste gingen, die keine Hitze mieden, keine Furcht kannten, die die höchsten Berge bestiegen und sich räkelten unter dem weitesten Horizont – die Himmel und Erde bewegten mit ihren Gefühlen, die schamlos waren und in praller Nacktheit sich gefielen, die die Zeit anhielten und das Gras wachsen ließen. Und, hatte sie nicht so zu sein gewünscht wie eben jene? Und, übermittelten sie ihr nicht die bitterste Sehnsucht und das lüsterndste Begehr?

Die Wüsten durchwandern, auf Kamelen reiten, auf Pferden den Tag beginnen … am Meeresufer entlang galoppieren – ohne Sattel und Zaumzeug – erhaben und frei, in eine kleine Sünde verstrickt an die Männer, die ihr aus dem Herzen geschnitten waren und in ihr Gehirn gestanzt: die so waren wie sie.

Tatsächlich hatte sie sich vor ein paar Wochen zu einem kurzem Zusammensein mit einem Ex-Freund hinreißen lassen. War diesem Vorfall eine gewisse situationsbedingte Auswegslosigkeit zugrundegelegen oder hatte sie das zufällige Wiedersehen zu einer Überredung bereitgemacht? Wie auch immer … eine Begegnung dieser Art würde sie auf keinen Fall wiederholen. Das hatte sie in einer anschließenden Aussprache ihm gegenüber erklärt. Er hatte sie verstanden. Und dabei war es schließlich auch geblieben. Sodass … in einer

Opferrolle – was ihr Verhältnis zu Ceriso anbelangte – befand sich Sila keinesfalls. Sie war schon auch Agierende und nahm, tatkräftig, ihr Schicksal, wenn es darauf ankam, ohne zu zögern in die Hand.

‚Man macht sich so viele Gedanken‘, grübelte sie nun, ‚um dann, wenn man alt ist, lebt man nur noch aus der Erinnerung. Was sicher auch gut so ist, denn am tatsächlichen Geschehen teilzunehmen, beinhaltet auch, mit Unvorhersehbarkeiten und unwägbaren Ereignissen fertigzuwerden. Eine abenteuerliche Reise durch das Leben kann auch ermüdend sein, anstrengend und gefährlich, sodass der samtene Schleier der Erinnerung, der sich wie eine Art von Schutzmantel um das spätere Dasein legt, auch wohlig sein kann – einer, unter dem es sich ausstrecken läßt und entspannen. Denn das Lebenskarussell dreht sich bisweilen atemraubend und schnell. Und unvermittelt kann man sich mit der Entscheidung konfrontiert sehen, ob man zusteigen will oder nicht.‘

Momentan hatte sie eine Entzündung am Fußballen. Das viele Hin- und Herlaufen … Insgeheim bewunderte sie so ab und an ihren Italienischen Freund um dessen natürliche robuste Gesundheit. Körperliche Beschwerden, außer denen, die aus seinem Suchtverlauf resultierten, schien er selten zu haben. Was ihn vornehmlich plagte, waren die Substanzen der hochgefährlichen Droge, die er in seinen Körper jagte, waren die Giftstoffe, von denen er sich heimsuchen ließ.

Würde sie, Sila, vermögend gewesen sein, sie würde für sich und Ceriso eine Reise ausgesucht oder geplant haben – eine größere, weltumfassende, etwa. Denn es war auch für sie ein Traum, über die großen Ozeane der Welt zu schippern oder über sämtliche Länder der Erde zu fliegen, die einem noch unbekannt und noch nicht geläufig waren. Sich dahintreiben zu lassen auf diversen Rucksacktouren oder auch auf einem Dampfer – auf der Passagierliste berauschendster Entdeckungen gelistet. Oder wollte sie wild campen, sich ins Ungewisse begeben, unterm freien Himmel die Sterne zählen?

Wie dem auch sei – Sila hatte sich heute eine Auszeit genommen, um ihre Sorgen zu vergessen. Sie besuchte ein Lokal einer international bekannten Restaurantkette, holte sich einen kleinen Capuccino und ein Eiswasser in einem hohen Glas und setzte sich etwas schräg auf einen Barhocker, der zusammen mit anderen die Theke umstand, sodass sie mit einem Bein halb den Boden berührte, während die Fußspitze des anderen den etwas höher gelegenen Sockel touchierte. Unter ihrem bestrumpftem Oberschenkel war der kunstlederne Sitz des Stuhles zu spüren. Sie trug an diesem Tage Hot-Pants, so wie man sie in den 60iger-Jahren getragen hatte und die in dieser Zeit aus der Taufe gehoben wurden. Zu jener Zeit gab es kaum ein Mädchen, das sich dieser Modeerscheinung entziehen konnte.

Ein paar Boys schlenderten jetzt herein – Zahnstocher zwischen den Zähnen oder Kaugummi kauend. Sie sahen aus, als brenne ihnen fortwährend ein Lächeln auf der Zunge. Sie waren jung. Sie waren gutaussehend. Sie trugen das gefasst. Die Bedienung hinter der Theke – eine kleine zierliche, respektvoll mit Menschen umgehende Person, nahm die Bestellung auf, die ungeordnet in ihre Richtung gerufen wurde, und führte sie flink und umsichtig aus.

Die Jungs ließen sich an einem der Tischchen nieder, die sich im rechten Teil des Raumes befanden. Sie holten ihre bestellte Ware, kamen alsdann mit ihren Tabletts in Händen – und hatten die kaum niedergestellt – zerrissen sie schon die auf ihnen liegenden Senftütchen und Mayonnaisebehältnisse und pressten deren Inhalt forsch und ungeduldig heraus. Manche hielten das eine andere Tütchen zum Scherz in der Hand, wie kleine Geschosse, und richteten sie gegen die anderen, als wollten sie sie damit vollspritzen. Sie fuhren sich mit der Zunge über die trockenen Münder vor Freude über den zu erwartenden Genuss und warfen sich die Pommes frites in den Gaumen oder steckten sie sich wie Bleistifte hinters Ohr oder stopften sie sich ungebändig in den Mund. Im übrigen ließen sie sich die karge Speise im Munde zergehen, so, als lutschten sie ein Eis, lachten dazu spitzbübisch, parlierten und gestikulierten und tranken aus ihren aus Pappmachée geformten Colabechern. Ihre Präsenz drückte den ganzen Enthusiasmus der frühen ungebändigten Jugendzeit aus – noch frei von Sorgen und belastenden Problemen: offen, ungebremst von Hirarchien und Einschränkungen – einzig den Gesetzen ihrer eigenen Eingebung folgend. Das ließ sie rebellisch, provokant und etwas frivol erscheinen.

Zuweilen hustete einer von ihnen schwer, rauchig und dunkel. Durchzechte Nächte fielen einem dazu ein oder eine in einer zugigen Ecke erworbene Bronchitis – vielleicht auch eine, die aus halbnackten Oberkörpern auf aufheulenden Motorrädern resultierte … Egal, bei welchen nächtlichen Vergnügungen und mit welchen Mädchen auch immer sich diese Jungs Arm in Arm vor deren elterlichen Haustüren befunden hatten … Diese erkälteten Stimmen waren Teil überschäumender Jugendzeit, in der noch Erwartung über Vorsicht ging.

Manche dieser Jungs trugen kleine Kreolen an ihren Ohren, einige lediglich ein winziges kristallines Steinchen, das von der kärglich durchs Fenster hereinfallenden Sonne oder auch vom künstlichen Licht des Interieurs zu einem Aufblitzen veranlasst, und das bei jeder Bewegung, bei jeder Geste, effektvoll in Gang gesetzt wurde. Die pink- oder roséfarbenen Hemden oder auch solche mit Blümchenmustern und die strahlenden freudigen Gesichter darüber, unterstrichen diese Schönheit des funkelnden Lichts.

Der Anblick dieser hübschen sorglosen jungen Menschen versetzte Sila in eine sonnige Stimmung und verlieh ihr eine fröhliche Energie, als würde man sie förmlich in den Tag hineinheben und sie auf eine Schaukel setzen der Gelassenheit.

Manche Frauen im Lokal trugen bodenlange wallende Sommerkleider, die im Winde zu wehen schienen und beim Betrachter Träume und Melancholie erweckten. Ja, sie lösten die Sehnsucht aus den Herzen und brannten sie in die Nerven, die antriebslustig wurden und fiebrig. Man wünschte zu sein wie dieser Anblick: leicht, schwebend und fliegend über allen Dingen.

Beim Blick durch die großen hohen Fenster des Raumes konnte man Schatten gehen und kommen sehen. Sie fielen durch das Glas herein und durchwanderten den Raum, entschwanden dann wieder, um erneut das Schauspiel zu wiederholen. Scheinbar versteckte sich draußen die Sonne immer wieder hinter einer herannahenden Wolke.

Sila dachte an ihren Geliebten wie an einen spritzigen Frizzantino. Ihr Körper kribbelte.
Sie sah ihn vor sich, etwa, wie er den kleinen metallenen Dorn seines Gürtels durch die Schlaufe zog und seine an diesem Tage hellgraue Stoffhose aufknöpfte. Sie nahm das Leder wahr des Gürtels und dessen animalischen Geruch, das anthrazitfarben war und etwas aufgeraut, und dessen Innenseite eine um einen Ton hellere Farbe aufwies. Das Lederteil be-

wegte sich auf die vorgenommene Handlung hin leicht zur Seite und blieb schließlich stehen wie eingelocht – wie eine Trophäe über seiner schlanken Hüfte, über seinen Beckenknochen.

Etwas unordentlich sah das aus und gefährlich.

Er fuhr nun mit der Hand in das mittige Stoffteil seiner Hose, um zunächst ein paar und schließlich auch die restlichen Knöpfe zu betätigen. Manche sprangen auf, ohne, dass er sie angerührt hätte.

Einen davon begehrte er langsam zu öffnen … Den letzten.

Sie spürte jetzt noch, wie sie zitterte.

Auch er bewegte das alles mit flatternder Hand.

Schließlich zeigte er ihr seine harte pralle Männlichkeit.

Dann riss er sein Hemd auf … Ja, er zerriss es – das schöne Hemd – und warf es beinahe zornig auf den Boden unter ihm.

Er fasste ihr an den Busen wie an ein angebetetes Herz, und versuchte, sie auf das Bett zu drängen.

Sie wehrte sich.
Scheinbar.
Kurz.

Er konnte keine Ruhe geben.

Sie torkelten. Sie strauchelten.

Fanden sich schließlich auf dem kühlen Linnen seiner Bettstatt wieder.

Soweit – diese gedankliche Frequenz, die in Sila aufgeblitzt war wie der kleine Diamant auf den Ohrläppchen eines jungen Mannes. Weiter dachte sie an den Fluss, den sie vor etwa einer Viertelstunde auf einer Brücke überquert hatte: an jenen silbrig-glänzenden Schimmer, der auf ihm gelegen war, und wie ruhig er sich ausgenommen hatte, mit seiner feinen Oberfläche, die unter der Sonne anmutete wie Eisesglätte ….

An manchen Tagen wurde das Wasser wie entfesselt in Aufruhr gebracht, peitschte ein Sturm darauf nieder, brach Wellen aus ihm hervor und ließ sie aufschäumen und erzittern, als hätte ein großer Dampfer seine Mitte geteilt, um den ruhigen erhabenen Glanz zu versenken. An eben solchen Tagen schlug das aufgewühlte Nass meterhoch an die künstlich gesetzten Hochwassermauern, klatschte es wild und ungezähmt an den nassen Beton, züngelte es über die Umgrenzungen, als wäre der Strom ein Drache oder eine Riesenschlange.
Die Sturmserenaden ...

Denn die Stürme sind die wahren Herrscher. Sie sind die Diktatoren aller Länder und auch der Politik. Wenn sie so richtig ins Rasen kommen ... Der Herr bewahre uns!

Die Gruppe junger Leute in der Lokalität lachte zu Silas Gedanken und Überlegungen, die ihr verborgen waren, ihr Lachen heraus: frei und unbekümmert. Aber es lag auch eine Spur von Verlegenheit darin. Sie schulterte ihr rotes Lackledertäschchen, das eine Schleife auf der Vorderseite zierte, erhob sich von ihrem Barhocker und machte sich unter rhythmischen Musikklängen zu einem Stadtspaziergang auf. In einem Billigladen kaufte sie ein paar unnütze Dinge, über deren Wert oder Unwert sich streiten ließ: eine kleine Vase etwa, ein hübsch bemaltes Kästchen aus hochglänzendem Karton, mit einer kleinen Schublade darin und einen metallic-blitzenden Ring mit einem hellblauen Similistein, den sie an ihren Finger steckte.
In vielerlei Gefäße, die die Eingänge der Häuser umstellten und umrahmten, war jetzt Heidekraut gepflanzt, das den warmen Glanz des Herbstes unterstrich und charmant die Zentrifugen kälterer Tage zu durchbrechen wusste.

Sie erinnerte sich an die Stationen ihrer Liebe, die aus Melancholie, Verzweiflung, irrer Freude und Frohsinn geprägt waren – eine beinahe unglaubliche Mischung und auch die daraus resultierende beinahe unmöglich zu erscheinende Verbindung, die dennoch eine Zeitlang lebbar war. Einmal sagte Ceriso: ‚Ich weiß, dass ich dir manchmal wehtue, aber ich kann nicht anders. Etwas zieht mich an sich. Darüber kann ich nicht selbständig entscheiden. Nenne es ‚Sucht‘! Ich sage dir: ‚Es ist mein Leben!‘

‚Vielleicht ist doch die Einsamkeit die Lösung!‘ stellte er ein anderes Mal fest: ‚Möglich, dass sie uns zurückwirft auf uns selbst, doch sie läßt uns auch erkennen, was wir mit unserem Menschsein bewirken können und was eben nicht. Vielleicht ist es doch gar nicht gut, dass der Mensch sich immerzu mit anderen umgibt und damit vom eigentlichen Kern des Wesens abgelenkt wird. Ist er von seinem Wesen her nicht doch eher ein Klaupostroph? Ein Einsiedler, von Natur aus dazu geboren, alleine zu sein?‘

‚Aber er ist doch ein soziales Wesen‘, hatte Sila daraufhin entgegnet: ‚Er ist doch gar nicht geschaffen für die Einsamkeit!‘

‚Wer sagt das?‘ hatte Ceriso seine These fortgesetzt, ohne sich beirren zu lassen: ‚Es gibt Millionen Menschen, die Gutes bewirken – im Gebete, in der Versenkung etwa, in einer Art von Kontemplation – und die Einiges von da aus in Bewegung zu setzen vermögen. Eben, weil sie sich aus dem Kreislauf des scheinbar Natürlichen – wenn ich deinen Gedanken aufgreifen und die sozialen Aspekte so benennen darf – abgesetzt haben, weil sie mutig, einsichtig und weise genug sind, sich um sich selbst zu kümmern, andere nicht mit sich zu belasten und ihre Gedanken, ihre inneren Einwürfe und Entwürfe mit sich austragen.

Die Eremiten ... ihre geheimen Reden und auch Schriftstü-
cke über die Stille und das Menschsein – sie waren es doch
zu allen Zeiten, die Denkanstöße und Lösungsvorschläge für
das Weltgeschehen geliefert hatten.'

‚Doch diese ständigen Grübeleien, die aus der Zurückgezo-
genheit entstehen', war Silas spontaner Einwand gewesen: ‚Ist
es nicht die Sorglosigkeit, die wir wünschen, die uns trägt wie
auf einer Sänfte, sodass wir schwebend durch das Leben gehoben werden wie gefeierte Könige oder Helden? Man weiß,
die Realität ist eine andere! Doch lasst uns Menschen diesen
Traum! Lasst uns über Wolken schweben! Wir sind doch nur
ein einziges Mal hier!'

Zu seinen Ansagen, so fiel es Sila jetzt im Nachhinein ins Gedächtnis, trug Ceriso einen grünlich-grauen Wollpulli, der
schon häufig gewaschen wurde und rundum kleine Knötchen zeigte.

Auf Silas Rückweg konnte sie wieder vermehrt Heidekraut
sehen: in Grau- und Lilatönen – über ganze Felder gespannt.
Sie nahm auch dunkle Rottöne wahr und schwärzliche aus-
gebrannte Äcker; auch morbid entfärbte Büsche vor einer
nebeligen schlierigen Luft. Und das Gekrächze von Krähen
hörte man über die Felder hallen – deren Leere, in Verbindung mit einem dahinterliegenden Waldstück, ein Echo ergab. Mäusebussarde riefen in kauzig-langgestreckten Tönen.
Ein Kauz, garselbst, vor Silas Schlafzimmerfenster meldete
sich jede Nacht mit einem unheilvoll-klingendem Ton, der
sie manches Mal zu einem Seufzer veranlasste.
Die Häuser der Dörfer lagen da wie kleine kantige Bauklötze,
eingelegt in eine nunmehr vertrocknet-wirkende, ehemals
begrünte Spielwiese. Sila wusste nur soviel: Sie wollte nicht
von Sorgen geschüttelt werden und geplagt. Sie wollte frei

sein, atmen, leben. ‚Ich müßte das Fenster schließen!' dachte sie vor ein paar Tagen die ganze Nacht hindurch – immer wieder. Aber das Fenster blieb geöffnet. Sie war nicht fähig, sich zu bewegen, aufzustehen und eine Handlung vorzunehmen. War sie so müde und geschwächt?

Als sie an diesem Tage, am späten Nachmittag, nach Hause zurückkehrte, nahm sie ihren alten Plattenspieler aus dem schwarzen genarbten rechteckigen Behälter, in dem er ein kärgliches Dasein gefristet hatte – reinigte alle Teile sorgfältig: den Unterbau, die Nadel – und polierte alles mit einem weichen Tuch. Und, obschon sie alleine war, zog sie sich ihr schwarzes Schlauchkleid an, jenes, das einen durchgehenden Reißverschluss an der Vorderseite aufwies und am Dekolleté großzügig ausgeschnitten war. Dann legte sie eine LP Santanas auf: ‚Maria', zu deren Klängen sie rhythmisch ihre Hüften kreisen ließ. Ja, sie zelebrierte die kultige Szene aufs Neue, sodass der nebelige Tag draußen erneut jenen urigen Sommer heraufbeschwor, von dem die Menschen heute noch träumen oder ihn auch verfluchen, wenn sie an die oftmals katastrophalen persönlichen Desaster denken, die aus diesen revolutionären Denkanstößen entstanden. Doch Sila erkannte darin auch einen Plan Gottes für eine Welt des Friedens. Zumindest hatte man diese Bewegung auf diese Art eingestimmt. ‚Love und peace' … Wurde nicht in Bethel der Grundstock gelegt für ein einheitliches Leben ohne Wenn und Aber? Oder war es nicht doch nur eine geschäftsmäßig hinreißende Idee?

Und Sila hörte wieder die alte Musik, die Musik, die einst berühmt geworden und zunächst im Lande Amerikas zu Ehren gekommen war, und die diese Sentenzen, diese Frequenzen einer tiefen Sehnsucht der Menschen nach Verbrüderung und Vereinigung aller Kulturen, und wären sie auch noch so unterschiedlich, und den Menschen aller Nationen, beinhaltet hatte.

Der Mensch, als zutiefst soziales Wesen, empfindet, soweit er in einer guten Umgebung heranwächst, eine tiefe Zuneigung zu Jedermann. Er wünscht keine Abgrenzung. Er will Niemandem wehtun, nur weil dieser vielleicht eine andere Hautfarbe oder einen anderen Glauben hat. Sein Wunsch ist es, das Verbindende aufzunehmen, nicht das Trennende zu suchen. In Liebe dem Anderen begegnen, egal, wo er herkommt, was seine Pläne sind. Es sei denn, er wollte das Böse oder

einen Krieg. Ihr fiel Jesus dazu ein: der Vorreiter der Nächstenliebe und des Zusammenhaltes, der eine Richtschnur aufzeigte für ein gottesfürchtiges und gläubiges Leben. Viele Jünger hatten sich ihm angeschlossen, ihm, der im normalem Straßenbild als eher seltene Gestalt ins Auge fiel ... Doch es gab da einen grauen Winkel einer ungeheueren Vernunft und einer Weltenbegabung, die Dinge richtig zu deuten, zu sehen, zu erkennen und Andere darauf hinzuweisen.

Freies Gestalten.
Eingehen auf Andere.
Ihnen Raum lassen.
Aufeinander zugehen.

Ja, es wurde noch praktiziert,
Und, sollte es ein neues Woodstock geben, so könnte man es befürworten. In so einem Falle, so vermeinte Sila, könnten Hippies die Dinge vielleicht immer wieder zum Guten wenden.

Und vor diesem Hintergrunde schienen Sila die damaligen Festival-Teilnehmer wie Brüder und Schwestern zu sein. Und, war es nicht etwa so, dass sie die Sommer genauso geliebt hatten wie sie. Sommer, die so heiß waren wie ein ungestümes Herz und in denen das Fallbeil der Sehnsucht auf einen herniederfiel, sodass man sich ad hoc aufmachen wollte und musste, um sich in die Gesellschaft Gleichgesinnter zu begeben, die den Blick weiteten und die Erfüllung friedvoller Vorstellungen mit einem teilten. Die sich mit einem, wenn die Seele von einer Nacht befallen wurde, und, wenn es einem kalt geworden war, in eine gemeinsame Decke wickelten der Bohémiens – um die Schultern: eine selbstgehäkelte Stola.

Sila wusste noch, wie sie als Kind ausgerufen hatte: ‚Ich möchte Alles haben, Alles, was es gibt!' nachdem man sie um einen Wunsch gefragt hatte. Und wie ihre Mutter darüber die Stirne gerunzelt hatte: ‚Alles? Weshalb bist du so unbescheiden?' Darauf hatte das Kind keine Antwort gewusst. Es war dies ein unkontrollierter unbewusster Ausruf gewesen, der wohl sein Wesen und auch seine Begierde aufgezeigt hatte. Und, diese war so groß gewesen, ja, übergroß, wie es die Begierden der Träumer, der Abenteurer und der Ungesättigten sind, die vieles wollen und Alles zugleich. Und, hatte sie nicht immer in ihrem Leben häufig die ungewöhnlichen Dinge ergriffen? War sie nicht von jenen immer wieder beseelt und fasziniert? Man könnte sie mutig nennen oder auch zu wenig verschämt. Man könnte ihr Wesen verurteilen deshalb. Zu heilen vermochte man es davon nicht. Wer hatte diese Neigung in ihren Charakter gelegt? War es das Blut ihrer Mutter gewesen, das sich auf sie übertragen hatte? Die sich auch gerne genommen hätte, deren prüde Erziehung sie jedoch davon abgehalten hatte. War es des Großvaters Vermächtnis gewesen, der etwas spröde, sporadisch und karg zuweilen erschien, der aber auch entfesselt und vielfältig war in seinem Ausdruck schöpferischer Kreativität? Der auf der anderen Seite weich war, oft den Tränen nahe – in Erinnerung an seine Kriegserlebnisse in noch sehr jungen Jahren. Der weinte um die Menschen, die Kriege führten und um jene, die auf unsinnige Weise darin ihr Leben verloren. Der betrübt war wegen der falschen Politik, wegen des verlogenen Menschseins ... Ihr Großvater, der mit Musik und Geselligkeit die Depressionen zu betäuben versuchte, in die ihn ein überflüssiger Weltkrieg gestürzt hatte. Der zu vergessen suchte, aber nicht konnte – außer im Kreise von Freunden oder seiner Familie. Der geschüttelt und gebeutelt war vom Anblick der toten Kameraden, die neben ihm auf dem Felde des Kriegsschauplatzes gestorben waren – und den häufig die Melancholie ergriff, sodass er am Liebsten alleine gewesen wäre, um all das, was er so Schreckliches erlebt hatte, in Ruhe verarbeiten zu können. Der hin- und hergerissen war zwischen den beiden Polen der Einsamkeit und der Ablenkung, der aber auch ein Lachen hatte für jeden, der sich ihm näherte, einen feinen Humor und eine große Liebe zu Kindern. Und der zu seiner Frau noch ‚Frau' sagte, im Sinne einer großen Verehrung und einer Beruhigung. Ja, er hatte eine Frau gefunden, die sich um ihn kümmerte, die für ihn kochte, die für ihn einkaufte, die für ihn wusch, ihn pflegte, wenn er krank war, ihm Balsam streute auf die Wunden seiner Seele. Eine Frau, die noch von der Art war, wie sie heute viele Männer nicht mehr haben – weil sie einfach viel zu gestresst und in zu viele verschiedene Dinge gewickelt ist. Frauen, die sich verbissen durch ihren überbeschäftigten freudlosen Alltag kämpfen oder solche, die alles hinter sich lassen, um sich selbst zu erkunden. Frauen, die eher so wie Männer wirken: forsch und zupackend – die wie Hyazinthen sind: etwas herb und streng im Duft, wenn auch deren Lebensidee anzuerkennen ist. Solche Frauen gab es immer – in jedem Jahrhundert. Die ganze Höfe bewirtschaftet hatten, die wie Stallburschen geritten waren und das Rüstzeug männlicher Gene mitbrachten. Doch Silas Großvater liebte eben seine Frau, die sich bescheiden an den Herd stellte und die Kinder behütete und umsorgte. Die einfach da war und nicht in andere Geschäftigkeiten gepackt – die zuhören konnte und trösten und die einen in den Arm nahm.

Nach all diesen Gedanken und Überlegungen unternahm Sila noch einen Spaziergang durch den Wald. Es regnete jetzt leicht. Ein hauchdünner Film von Nässe lag über den Straßen. Die Wolken hatten sich nur sanft entleert. Ein leichter Nebel stieg jetzt aus dem Boden auf und sendete einen feuchten Geruch in die Lüfte – einen erdigen, schweren, der sich in unglaublichem Kontrast befand zu seiner schwebenden transparenten alles umhüllenden Leichtigkeit. Er rief eine Landschaft hervor wie aus einem Gemälde William Turners – die schon halb in der Dämmerung lag, die an von Dunst umgebene englische Gutshöfe und Schlösser erinnerte, bei deren Anblick einem das Blut in Wallung geriet – eine Landschaft wie ein schwermütig-schöner Traum. Sila stellte sich vor, dass sie eine Gestalt sei, in Schatten gelegt, ein wandelndes beinahe unwirkliches Nichts, das zwischen Kraftgewinnung und Mutlosigkeit taumelte. Eine Irrläuferin etwa – zwischen wechselnden Vorgängen, die vom Himmel gesandt wurden – hin- und hertaumelnd. Gleichzeitig musste sie lächeln über diese Gedanken. Doch angesichts der berückenden Naturerscheinungen erhob sich in ihr immer wieder die Frage: ‚Wer war Gott? War er ein Vermittler, ein Dirigent? Leitete er die Geschicke der Menschen, indem er sie sozusagen hineinspulte in seinen Willen – einen von ihm gewollten und geplanten Weg? War dieses über Allem sich befindliche Wesen ein Beherrscher, ein Magier und wem wollte er dienen? Bestrafte er die Menschen ob ihrer Launen und ihrer Eitelkeit? Warum traf es so häufig die Guten? Stellten sie die Sühne dar für das Böse in der Welt?‘ Fragen … Fragen …

Und, was sagte Gott bezüglich der Umweltsünden? ‚Habt ihr genug von euerer schädlichen Lebensweise in die Lüfte gelassen …? Jetzt ist Schluss damit! Für immer!‘

Oder gab es eine Gnade?

Wie sagte Ceriso? ‚Eine Liebe … Sie ist für die Ewigkeit. Auch, wenn der Mensch sie trennt. Jede Liebe … Sie ist Teil eines Mosaiks. Die Menschheit wird von ihr getragen, Sie geht in die Materie ein. Sogar unerlöste Seelen können mit ihrer Hilfe befreit werden – umherwandernde, verzweifelte. Sie ist wie eine Geisteswanderung. Sie ist auch eine Verbindung zum Reich der Toten. Sie ist das Universum, sie ist das All! Verstehst du, Sila? Sie ist Alles!‘

In Gedanken hatte sie Cerisos Gestalt vor sich: seinen langen schwarzen auf Taille gearbeiteten Mantel. Er war unrasiert. Doch selbst dieser Umstand unterstrich noch die Nonchalance seiner Gesichtszüge.

‚Komm spiel mit mir‘, sagte er eines Tages: ‚Spiel mit mir … um eine Angst!‘

Sie dachte an die vielen Menschen, die ihr Leben spielerisch genommen hatten … in tänzerischer Manier. Sie waren schön gewesen, in voller Blüte gestanden. Es hatte sie eine umwerfende und charmante Aura umgeben und erfüllt. Sie waren kräftig, stabil gewesen und schienen allen Stürmen des Lebens zu trotzen und standzuhalten. Bis sie das Siechtum überfiel, die Bürde des Alters. Und sie wurden gebeugt, geschüttelt, gerüttelt und in die Knie gezwungen, bis ihr Lebensmut zerstört, ihre Träume vernichtet waren. Ja, nicht einmal zum Weinen waren sie mehr in der Lage. Man hatte ihnen das Mark aus den Knochen gesaugt, man hatte ihre

Organe zerschreddert und ihnen einen sturen stummen Schmerz injiziert, bis ihr Lebenswille darüber zusammenbrach. Ja, das Alter und die Krankheiten hatten ihnen alles genommen, was einmal schön und begehrenswert war, bis nichts mehr von ihnen blieb, als eine bedauernswerte Hülle – stöhnend und bemitleidenswert. Wie eine Blume wurden sie vom Winde fortgenommen – deren Blattwerk, deren herrliche Blüte dahinwelkend, zerrieben, zerdrückt, zu Erde zerbröselt – zerfällt.

Auf Fotos sah man Menschen, die es nicht mehr gab. Man hatte sie aus der Zeit genommen, in einen Sarg gepresst, ihre einstmals oder immer noch schönen Körper verbrannt. Viele davon waren auch im Alter noch bemerkenswert, interessant, intelligent, kreativ, sozial tätig oder politisch anvisiert gewesen. Es hatte sich um Menschen gehandelt, zu denen man aufschauen konnte, die das waren, was man bewunderte und liebte. Doch es gab kein Entrinnen. Sie wurden hinweggerafft ... manchmal eilends ... auf schreckliche Art und Weise. Kaum, dass man darüber nachdenken konnte. Und es blieb von ihnen nur die Sehnsucht und ein bisschen Glück.

Ein Wind strich jetzt durch die Bäume.
Man vernahm ein Knacken. Zuerst leise, dezent, dann auf ein Mal laut. Sila umfasste eine eigentümliche Angst.
War da Jemand?
Hatte sie vielleicht Einer beobachtet, während sie in ihre Gedanken versunken gewesen war und sich daraufhin versteckt? Man las von Mordfällen und auch, dass man sich besser als Frau alleine von einsamen Gebieten fernhalten sollte.

Sila änderte die Richtung ihres Weges.
Sie ging zurück.
Nun floh sie beinahe.

Sie wurde schneller im Schritt.

Doch als sie zurückblickte …

Der Weg war leer.

Am darauffolgenden Tag trafen sich Sila und Ceriso in der Fürst-Anselm-Allee, die auf den Namen des Gönners Carl Anselm von Thurn und Taxis zurückgeht, der vor den Stadtmauern eine Baumallee errichten ließ, die ihres Gleichen sucht. Dieser grüne Gürtel umfasst halb Regensburg. 1820 konnte man, unmittelbar vor dem Stadtgraben, in Höhe des Parkhotels, erstmals in die Allee gelangen. In der Nähe, beim Ernst-Reuter-Platz, lassen sich noch Reste der ehemaligen Stadtmauer finden, die Regensburg einst umschloss – die einstige Römermauer, die Bischof Arbeo von Freising in der Mitte des 8. Jahrhunderts enthusiastisch mit dem Ausruf beschrieben hatte: ‚Uneinnehmbar, aus Quadern erbaut, mit hochragenden Türmen …‘

Im Park, auf dem geglätteten Weg, schoben zwei ältere Damen einen Kinderwagen an Sila und Ceriso vorbei. Sie lachten und kicherten wie Teenager. Offenbar hatte das kleine Wesen, das im Wagen lag, die Jugend in ihnen wiedererweckt. Ihre sonst eher strengen Gesichtszüge wirkten strahlend und schön. Ihre Stimmen hörten sich hell an, beinahe pubertierend. Es umgab sie eine Aura von Glück, ein Widerschein undefinierbarer Freude …

Die Blätter trugen jetzt die Farben von Marzipan und Nougat. Sie waren auch zart-beige und karamellfarben oder brombeer-getönt. Olivgrün auch, versehen mit falben Ockertönen und dem dunklen Rot der Bromelie. Am Ende wirkten sie in ihrem Verwesungsprozess schon bald wie Lilien: schmal, etwas länglich, gekrümmt, lila-zart oder bläulich-weiß – auch schneeweiß wie Taschentücher. Das pralle Grün aus den satten Wiesen war nun hellen Beigetönen gewichen und ihre Flächen wirkten wie Stroh- und Stoppelmatten. Ein gewisser morbider Zauber lag nun über allen Wegen, besonders über den halb-entleerten Bäumen, aus denen die Blätter wie kleine Münzen auf den Boden fielen. Ceriso trug eine Jeans mit den typischen gelb-abgesteppten Nähten von dem Pionier dieses Modelabels: Lewis Strauß,die in ihrer eleganten Lockerheit lässig seine schlanken Hüften umspielte – die für ihn wie passgenau geschneidert schien und mit der er wie ein Goldgräber, ein Cowboy oder ein wild in See stechender abenteuerlicher Meeresbezwinger wirkte. Auch, dass er gefährliche Klippen befuhr, sich den Todeszonen näherte der Meere, auf unwegsame Pfade sich locken ließ, konnte man sich vorstellen. Er ließ geistige Bilder entstehen, in denen er Allem und Jedem nachzugeben und sich hinzugeben schien, den Anweisungen folgend einer verwundeten und verwelkten Seele.

Sila und Ceriso durchwandelten die Allee: verträumt, eng umschlungen, wie Engel das Paradies.
Das Mädchen erzählte ihrem Freund von ihren gedanklichen Ausflügen in die cineastische Vergangenheit, und auch, was ihr bezüglich der Musikszene der damaligen Zeit ein- und aufgefallen war. Und, wer hätte besser darüber Bescheid gewusst wie er, der eine große Sammlung von LPs und CDs sein Eigen nannte. Auch um Filmgeschichte drehten sich ihre Gespräche, in deren Verlauf Sila einige Stars aufzeigte und benannte. „Allerdings … du hast ein paar Schauspielergrößen vergessen", sagte er, „zum Beispiel das sich häufig streitende Ehepaar: Liz Taylor und Richard Burton, das sich während des Kultfilms ‚Cleopatra' am Filmset ineinander verliebt hatte.

Burton, ein gebürtiger Waliser, dem Teufel Alkohol verfallen, war wohl entschieden zu schwermütig für seine vom Schicksal gewählte Partnerin. Er, den eine große Liebe zu den großen Dramatikern der Literatur verband, der aber auch von Depressionen befallen war und einer launenhaften zügellosen Art.

Übrigens … da war auch Nathalie Wood, die der französisch-russischen Familie Gurdin entstammte, und die mit dem Streifen ‚West Side-Story‘ zur Weltberühmtheit aufstieg – dem äußerst aktuellen Thema gegen Rassismus. Zuvor hatte sie mit James Dean zusammen in dem Film ‚Denn sie wissen nicht, was sie tun‘ gespielt, der die verlogene Moral der kapitalistischen Gesellschaft aufs Korn genommen hatte.

Da war auch Jane Fonda, die die Prostituierte ‚Bree‘ in dem Film ‚Klute‘ spielte und die für diese Rolle der Protagonistin mit Lobeshymnen geradezu überschüttet wurde. Sie selbst wurde später politische Wegbereiterin. Denn ob es um das Augenmerk auf ausgebeutete Indianer ging und deren Unterstützung oder den Kampf gegen die amerikanischen Invasionen in Vietnam oder auch die Rechte der Frauen – Jane Fonda war kämpferisch im Einsatz und nutzte ihre Popularität, um sich das Gute zu erstreiten.
Nicht umsonst war sie die Tochter Henry Fondas, eines weltberühmten Schauspielers, der der fortschrittlichen demokratischen Partei angehörte. Diesem väterlichen Wegbereiter hatte sie wohl ihr Engagement zu verdanken, das sie nicht einmal vor Haftstrafen zurückschrecken ließ.“

Über diesen interessanten Gesprächen wölbte sich der herbstliche Torbogen der Allee, und Sila und Ceriso führten sie denn auch ganz hingerissen und detailverbliebt bei einer duftenden Tasse aromatischen Kaffees zu Ende. Sie kamen unter Anderem noch auf das Hochglanzmagazin ‚Playboy‘ zu sprechen, der – das Zaumzeug einmal angelegt – wie ein wild gewordenes Pferd durch die Landschaft der Cineasten, der Literaten und der einfachen Leute galoppiert und dessen Zügellosigkeit einfach nicht mehr zu bremsen war. Der Begründer und Urheber, Hugh Hefner, hatte damit seine lasziven Träume um die Welt gestreut, ja, es schien sogar so, als ob er mit ihnen ins Universum eindringen wollte, sodass die von zahlreichen Fotografen ins Bild gesetzten unbekleideten Schönheiten, die Pin-up-Girls – eine Art von Durchbruch, ja, eine Revolution im Mosaikgefüge der Zeiten der 50iger-Jahre ergaben, und weit darüberhinaus. Die auf unterschiedlichste Weise ins Licht gesetzte Schönheit um des Betrachtens willen, die man hinnehmen, die man wieder weglegen konnte, die einem gehörte und auch nicht, erlebte einen unbeschreiblichen Boom.

Das voyeurhafte Vergnügen, das der Leser beim Blättern dieser Zeitschrift erfährt, beschert dem Magazin auch heute noch höchste Auflagenzahlen.

Als sie nach diesen interessanten Gesprächen am Nachmittag durch die Maxstraße zurück nach Hause gingen, erinnerte Sila ihren Freund daran, dass diese Straße einst auf den Ruinen eines eingeäscherten Teiles der Stadt gebaut worden war. Napoleon steckte das Umfeld am 23.April 1809, während eines Krieges gegen die Österreicher, die es besetzt gehalten hatten, in Brand. Knapp ein viertel Jahr später wurde Regensburg dem jungen Königreich einverleibt. Die Straße wurde später nach dem ersten König, Maximilian benannt. Er hatte den durch den Brand geschädigten Bürgern wieder zu Wohlstand verhelfen wollen. Mit dem Ausbau dieser Straße war es wieder möglich gewesen, in die Allee zu kommen, ohne die mittelalterlichen Stadttore zu durchqueren. Man hatte die

Stadtmauer, die sich am südlichen Ende der Straße befunden hatte, entfernt. Im Jahre 1820 errichtete man schließlich an dieser Stelle ein neues Tor. „Nur, damit du weißt, auf welchen Spuren wir uns heute befunden haben", Sila lachte.

„Diese Stadt ist wirklich voll praller Geschichte. Es wundert mich nicht, warum ich hier so gerne lebe", meinte Ceriso.

Die Sonne trat jetzt hervor. Sie ummantelte jetzt Straßen und die Häuserwände mit ihrem sanftem mattem Glanz. Eine Taube spazierte auf einem Fenstersims. Es wehte ein leichter Wind.

Ceriso: „Neulich, als ich Musik gehört hatte, war mir so, als wäre der Klang des Werkes, das ich vernahm, zerrissen. Er löste sich zu Teilen praktisch auf. Ich habe selten so viele Stilbrüche in einem Werk gefunden. Dabei bin ich überzeugt: die Komposition war so nicht beabsichtigt. War ich etwa in rauschhafter Stimmung?" Um dann, weiter ... „dein Wimpernschlag, Baby, an der Bettdecke, das feine Rascheln ... Wollen wir gehen? Spazieren in das Land der Träume, aus dem keiner uns mehr vertreibt. Oh süße Melancholie!"

Erst am späten Abend dieses Tages ging Sila in ihre Vorortsiedlung zurück. Ein Teil der Leute aus den Straßen hatte sich schon vom Leben verabschiedet. Das fiel ihr immer wieder ein, wenn sie an deren Häusern vorüberging. Sie hinterließen einen zarten Duft, der um die Gebäude wehte – ein feines Parfum aus Erinnerungen, kleinen Abenteuern und Erlebnissen. Der eindringliche Glockenschlag eines naheliegenden Kirchturmes schien ihnen hinterherzueilen, danach zu trachten, sie aufzuwecken, so dumpf und fordernd war sein Klang. Er läutete die Katzen aus den Häusern, trieb ihnen die Hunde hinterher, die die Höfe bewachten ... Er brachte alles und jeden auf den Plan. Die scheuen Blumen, die vereinzelt noch in Blüte standen, erschraken zutiefst und schlossen ihre Kelche. Er rief den Wind heran. Der eilte alsbald herbei, schob die Tore auf und zu und rüttelte an den Zaungattern, sodass der Wald, der dahinterstand, wie ein mystisches zauberhaftes Umfeld wirkte, sich außerhalb jeglicher Realität befindend: mythisch und beinahe abstrus.

Der Wind fegte die Straßen leer. Er trieb die Blätter hin und her, die aus den Büschen herniederfielen, die sich jetzt wie Goldtruhen entleerten. Er nahm sie mit auf seine pirschende Reise, sodass sie die Straßen herunterliefen. Manche sammelten sich vorsichtshalber an den Ecken, legten sich zu Kreisen, stellten sich ihm quer in trotziger Manier – türmten sich lieber zu kleinen aufgeschichteten Häuflein mit raschelndem Geplauder.

Der Wind war für die Ewigkeit. Er war für die Toten gedacht, die ihn dahinziehen hörten auf den naheliegenden Gräbern. Die mit ihm summten und ihre Stimmen erhoben zum Sopran. Er nahm sie alle auf in ihrer Vielfalt und zog sie an seine breite Brust. Jetzt ließ er sein Brausen schlimmer werden und vermischte es mit dem Gesang der Kirchenglocken: sirenenhaft, aufgebracht, aber auch dumpf, überschallig. Der Wind zwang die unerlösten Seelen, mit ihm in das Tal zu kommen und er ließ sie dort herumfliegen und scheuchte sie den Berg hinauf, wo sie keine Ruhe finden konnten und mit ihm gehörig zu wüten schienen. Ja, die Stimmen dort wurden immer lauter: obsessiv, eindringlich und hingen den Menschen tagelang in den Ohren: der Weckruf der Toten.

Das kühle Wetter ließ die Katzen in die Häuser zurückkehren und das Gebell der Hunde verstummen. Als habe man einen Lichtschalter ausgedreht oder ein Medium entschieden leiser geschaltet.

Sila dachte daran, wie sie einmal zu Ceriso gekommen war – mit vom Regen triefend-nassem Haar. Sie hatte vergessen, einen Schirm mitzunehmen. Und, wie ihre Kleidung feucht gewesen war und auch schon ihr Körper. Und, wie er sie mit einem großen Handtuch sanft getrocknet hatte, das eben diese Nässe aufnahm, und wie sie anschließend zusammen Spaghetti kochten – bissfest, al dente – die sie danach in nur wenig erhitztem Olivenöl und feingehacktem Knoblauch schwenkten, und wie sie, Sila, am Ende ein kleines Stück einer zart geriebenen unbehandelten Limone darüberstreute, sodass ein fruchtiger sommerlicher Geschmack entstand, der ihre Sinne berührte. Und, wie sie sich beide beinahe heftig über diese kleine Speise hermachten – sie waren hungrig gewesen wie alle, die sich regelmäßigen schonungslosen Liebesspielen unterwarfen. Hungrig wie die Engel, die sich aus dem Horizont stürzten und ihnen dabei zusahen, so hungrig wie Tiere …

Wenn Sila in all den folgenden Tagen zu Ceriso kam, klopften nun des Öfteren Freunde an seiner Türe. Man sah nach ihm, man behielt ihn im Auge. Die Last alleiniger Verantwortung wurde ihr in stiller Übereinkunft abgenommen – was sie erleichterte und fröhlich stimmte. Ein Aufatmen war damit verbunden. Im Übrigen ließen sie und Ceriso sich in der Beziehung gewähren. War da eine geheime Abmachung zwischen ihnen, dass ein jeder sein eigenes Leben führen dürfe? Nichtsdestotrotz – wenn sie zusammen waren, so wurde daraus jedes Mal ein Fest. An ihrer beider Zuneigung hatte sich nichts geändert. Ja, vielleicht war jene, um dieser Freiheiten willen, sogar noch tiefer und intensiver geworden. Denn die Liebe ist auch ein Kind der Freiheit … so besagt schon ein altfranzösischer Ausspruch. Und nirgends gebiert sie so berückende Erfahrungen wie unter derem Mantel. Denn sie ist eine scheue Pflanze, die, sobald sie sich ständiger Nähe ausgesetzt sieht, gerne zu welken beginnt. Am Besten gedeiht sie unter dem Gießwasser aufflammender Sehnsucht. Ihrem Naturell entspricht nun mal, dass sie über dem Boden der Normalität schwebt. Sie breitet ihre Schwingen aus am Liebsten über dem höchsten Gipfel des Verlangens und am Besten kann sie sich entfalten im Freistrom der Begierde. Andererseits und häufig wird Eros auch bezeichnet als ‚Auszehrung und tödliche Gefahr‘. ‚Da war nichts, was nicht beitrug zu diesem blinden Herabgleiten in den Tod …‘ So endet eine Liebesszene bei Bataille.

Intime Momente auch als Zeitpunkte des Alleinseins?

‚Irgendwann wirst du gehen …‘ sagte Ceriso: ‚Und dann ist die Erde auch noch rund. Es wird mich nicht umbringen. Allein schon deshalb, weil ich dir die Freiheit selbst über dein Leben zu entscheiden, nicht nehmen will. Du hast mir geholfen, Baby! Das vergesse ich dir nie! Und, solltest du einen anderen Weg wählen als den mit mir, so werde ich Alles tun, um dich darin zu unterstützen. Du hast verdient, dein Leben frei zu gestalten, ohne Zwang. Ich werde schon versuchen, mich neu zu orientieren. Das Andere in mir kennst du ja!‘

Nach diesen Worten zog er sich in eine Ecke seines Zimmers zurück, von wo aus er den Vögeln nachblickte, die sich auf dem Balkon seines Nachbarn niedergelassen hatten – auf dessen Tischchen sich eine Tränke aus gebranntem Ton befand, an der sie sich labten. Sie badeten auch kurz darin, hoben und senkten ihre Flügel und stiegen auf. Ceriso begab sich jetzt aus dem Raum. Er lehnte sich über die Brüstung seines Balkons.

Sila ließ ihn nicht aus den Augen.
Dann folgte sie ihm nach.
Sie trat zu ihm und umarmte ihn.

Den Himmel schien ein blaues Band zu schmücken – eine Naturerscheinung, die sie schon einmal gesehen zu haben vermeinte. Die Sonne war zurückgekommen, obschon man glaubte, sie habe sich ganz zurückgezogen. Schon an den frühen Morgen erhellte sie die Räume mit ihrem warmem Glanz. Sie fiel durch die Fenster und auch durch geöffnete Türen brach sie herein. Das Öffnen der Haustüre aber war ernüchternd: draußen war es kalt.

Das Stadtbild schien jetzt in eine gewisse Schwermut gehoben zu sein. Die Springbrunnen in den Parkanlagen waren jetzt stillgelegt, sodass nur noch deren Pumpmonturen und die Anschlussdüsen auf den steingrauen gemauerten Böden der großen grauen Becken zu sehen waren. Unwillkürlich dachte man an den Sommer zurück. Vielleicht an ein charmantes weißes Gartenstühlchen, um das herum Blumen in verschiedene Tontöpfe drapiert waren ... an ein Buch etwa, das auf einem Tischchen daneben lag, und dessen Inhalt Meeresrauschen und ferne Länder heraufbeschwor, das einen Hauch von Flamencoklängen oder auch südamerikanischer Musik herüberbrachte und vor dem geistigen Auge ein Tanzgeschehen entstehen ließ: wild, hinreißend und romantisch.

Eine Freundin sagte zu Sila einmal, sie habe sich womöglich deshalb zu einigen fremden Menschen so gewaltig hinzugezogen gefühlt, weil ihr alle diese Menschen genauso wie sie fragil erschienen waren und eher zart – sie aber trotzdem an irgendwelchen Zerwürfnissen nicht zerbrochen waren. Im Gegenteil: sie vermochten auch noch, andere zu trösten. Trotz eventuell erfahrener Schicksalsschläge in ihrem Leben oder desaströser Vorgänge hatten sie nicht verlernt, zu hoffen.

Sie hätten auch den Schöpfungsgedanken in ihr wachgerufen. Sie wären so gewesen wie sie: ätherische Wesen in eine Materie gelegt -Teile des Weltalls, dahingleitend auf den Nebelpfaden des Lebens: lachend, sprechend, konsumierend, bis ein Windstoß sie aus dem Horizont des gefühlten Daseins nahm und ihre Flamme löschte.

Sila erinnerte sich, wie ihr Freund einmal seinen lila Morgenmantel vom Haken seiner Gardarobe genommen hatte, der bläulich-bräunlich schimmerte – ein gespenstisches Rot. Der aus brokatartigem Stoff genäht war und der ihn umhüllt hatte wie ein Schattenwurf, wie eine Hülle aus dem Jenseits, und der die Tiefe seines Blickes noch verstärkte und intensivierte, sodass man ihm auf der Stelle verfiel und dass es keine Gnade gab. Ja, sie war auch der Schönheit verfallen, der Lyrik des Augenblicks, dem Moment auch und der Dramatik der Verführung. Und, er hatte ihren Puls gemessen. Der war pochend gewesen und ihr Herz, das hatte laut geklopft. Und er hatte ihre Hand geküßt und sie hatte sein Gesicht geleckt ....

Und doch war da schon eine tiefdunkle schwarze Graulastigkeit auf Blüten von Dahlien und Astern, die auf ihrem Heimweg noch in den Gärten standen. Man würde sie bald aus den Beeten nehmen. Sie waren in anderen Gefilden geboren. Sie vertrugen dieses Klima nicht. Der Winter kam.

Das Pärchen trug jetzt während der Spaziergänge, die es unternahm, olivgrüne Parkas, deren Kapuzen mit Teddyplüsch wattiert waren. Auf eine Mütze verzichtete Ceriso zumeist. Seine dunklen Locken fielen lässig auf die Schultern. Sila sah man jetzt oft mit einer Häkelmütze in Lila-Rosé. Dazu trug sie einen Strickschal in der gleichen Farbe. Dieser wies an beiden Enden handgefertigte Wollpompons auf. Diese Pompons, die sie selbstgefertigt hatte und die ihren Hals schmückten, wurden von Ceriso des Öfteren spaßeshalber aufgegriffen und hin- und herjongliert. Er liebte es auch, sie mit dem Schale einzuwickeln.

Sie lachten.

Ein paar ältere, gepflegt aussehende, hübsche Damen traten ihnen zu dieser Zeit einmal im Park entgegen. Aber ob des zu Ende gehenden Jahres wirkten sie etwas blass, von Kälte geplagt. Was Sila zu dem Gedanken veranlasste, wie schön es war, jung zu sein, gut durchblutet. Wenn auch … wie oft hatte sie schon erlebt, wie ihre Seele unter gewissen Umständen gelitten hatte und wie sich das erste Auftreten der Kälte draußen wie ein schwermütiger Mantel um sie gelegt hatte. Wie es ihr quasi in das Herz geregnet, und sie, ob dieser innerer Qualen an einem Zittern, einem Frösteln, gelitten hatte, und wie ja nicht einmal der Sommer mit seiner heißen Sonne diese Erscheinungen zu lindern vermochte – und sie gefroren hatte unter der Hitze. Die Eisblumen des Herzens – wenn die Kälte sich wie ein schwerer Mantel um die Seele, um die Sinne legt – und die nur schmelzen, wenn das Trüblastige sich auflöst.

In ihr Zuhause hatte sie heute Morgen eine Vase gestellt mit ein paar Zweigen mit Blättern in rötlicher Färbung – die an die Ableger der Essigbäume, der sogenannten Gottesbäume – erinnerten, und die jetzt wie Flammenbüschel über der Tischplatte leuchteten. Ihre berauschenden Töne wirkten wie von Hand gepinselt. Dieser Strauß stellte sozusagen eine Ergänzung dar zu den verträumten Feldwegen im Herbst, zu den umgepflügten rostbraunen Äckern, über denen der

Rauch aufstieg aus den naheliegenden Wäldern, sodass die weitere Landschaft dahinter wirkte wie in stummen Nebel gehüllt, wie mit Watte überzogen und aus der Zeit gestellt. Herbe, verhaltene Grüntöne krönten dieses Bild. Zuweilen zeigten sich rostige Stellen an Blättern, die langsam falbe Farben aufwiesen. Sie waren jetzt auch schwarzgefleckt oder frettchenartig gestreift. Krähen huschten herbei und zogen mit lautem, beängstigendem Kreisen durch die Lüfte ... flogen haarscharf an den Waldbesuchern vorbei: wie große schwarze Gewehrkugeln.

Bald würden die Bäume dastehen: in beinahe unwirkliche Transparenz gewickelt – würden die verbleibenden Schatten das Tageslicht begleiten. Ceriso – einmal zum ‚Tod‘: ‚Er macht mir nicht Angst. Wenigstens habe ich dann keine Schmerzen mehr‘. Er hatte auf seine Brust gewiesen: ‚Ich weiß nicht, woher sie kommen und wer sie mir schickt. Schon während der Kindheit habe ich daran gelitten. Hatte der Wind über dem Meer meine Seele aufgerissen und hineingebissen wie ein wütender Hund? Auf jeden Fall habe ich eines Tages beschlossen, nur mehr ich selbst zu sein, meinen eigenen Weg zu gehen. Meine Sinne waren oftmals aufgewühlt gewesen wie von nassen Peitschenhieben. Und ich habe dann mein Land verlassen. Oder wollte ich jedes Land verlassen?

Ich habe schon Vögel sterben sehen, die gegen ein geschlossenes Fenster geflogen sind ... Maikäfer, Nachtfalter und Libellen auch – zertreten am Boden, in die Wehsucht gestreckt.

Sterne habe ich liegen sehen und auch müd dahinschleichende Katzen, die geduckt das Sterben erwarteten und auch welche ... überfahren auf dem Asphalt.

Der Tod ist präsent überall. Zünden wir täglich eine Kerze an, all denen, die dem Schicksal erliegen.‘

Nach diesen Worten hatte er seine Gitarre, tanzen lassen. Er stellte sich vor ein imaginäres Publikum, das sein Tischchen verkörpern sollte. Und dann war da nicht mehr nur ein einziger Tisch. Er hatte sich vielmehr verdoppelt, verdreifacht;, ja, im Geiste war das ganze Zimmer nun damit befüllt gewesen und der heißblütige, bildschöne Italiener, Silas Geliebter, spielte sich gedanklich auf eine große Bühne. Er gab sein Bestes und kreierte ein Meisterwerk.

Ihr fiel ein Satz aus einem bekannten Liedtext dazu ein: ‚Que sera …?‘

Ihr Zimmer war heute noch dunkel. Sie hatte die Fenster noch nicht geöffnet. Man hörte einen Hubschrauber kreisen. Der Holzboden ächzte unter ihrem Schritt. Sie dachte an die reifen Frauen, die sie manchmal in den Bussen sitzen sah: an deren Augen, die schattig in ihren Gesichtern lagen, an ihr Haar, das von einem schwärzlichem Grau war. Sie sahen wild aus und schön. Sie hatten manche Kurve des Lebens genommen und so manchen Pflasterstein umgedreht und wieder neu gesetzt und auf ihrem Lebenswege gleichsam so manches Pferd geritten. War es ein Aufbäumen gegen die Zeit, ein Hineinsteigen in die ungelöste Sinnfrage? Wie war das Leben dieser Frauen gewesen? Wenn sich schon keine Antwort finden ließe, dann vielleicht in den Hemisphären der Natur, wo ein mächtiger Herrscher nichts dem Zufall überließ und alle Herkünfte des Lebens zu finden waren. Wo es keine anderen Erklärungen gab, als die, dass alles richtig war, so wie es kam und wie es weiterging.

‚Da fährt man ein bisschen nach Dort und Da. Da streicht man ein Häuschen, repariert und gärtnert, mäht den Rasen und fegt über alte Steinböden. Darüber bin ich alt geworden‘, sagte Sila gegenüber unlängst ein ihr gesichtsweise bekannter älterer Herr, ‚wir haben auch eine Unterkunft in Spanien, meine Frau und ich, die uns beiden gehört. Darum muß man sich kümmern, auch in den Wintermonaten, und immer wieder. Wenn wir uns nicht selbst die Zeit nehmen, dahin zu fahren, dorthin zu gelangen, vermieten wir das Appartement-Häuschen im Sommer. Eine Wohnung darin halten wir uns selbstverständlich frei, außer, wir haben längere Zeit nicht vor, zu verreisen. Ansonsten genießen wir an dieser kleinen sonnenbeschienenen Bucht das freie ungezwungene Leben. Wir liegen auch mal im Liegestuhl und halten uns an der Hand. Die meine ist schon ganz rau von der vielen Arbeit! Tja, und meine Frau steht mir da nicht nach! Trotzdem: wir wissen, dass wir im Vergleich zu Anderen ein privilegiertes Leben führen.‘ Er lächelte und fuhr in seiner Schilderung fort: ‚Auf ein Mal sind die Jahre vergangen. Wo sind die hingekommen? Hier lebende Kinder haben wir keine. Da war nur ein Sohn, doch der hat sich in die Vereinigten Staaten abgesetzt. Eine Liebe … der Beruf … Von Zeit zu Zeit besuchen wir ihn, doch die Briefe werden weniger. Der Kontakt reißt langsam ab. Er führt so sein eigenes Leben und das zeigt er auch. Was will ich damit sagen? Mittlerweile habe ich auch schon Mühe, zu verreisen – die Knochen, die schweren Gepäckstücke, und meine Frau ist auch schon leidend: eine Arthrose – die Gelenke. Trotz Meerwasser und Wärme – man merkt, es geht langsam bergab. Können wir unsere Spanienaufenthalte in der Zukunft überhaupt noch genießen? Meine Frau denkt schon an den Verkauf unserer Ferien-Immobilie. Die Fahrt dahin mit dem Auto ist eben auch sehr weit und auch das Fliegen macht Beschwerden. Die Beine … Sie hatte schon eine Thrombose. Ja, so ist das Leben!‘ Der Bericht des

Bekannten endete etwas resigniert. ‚Doch das, was wir bekommen haben …‘ wandte er dann ein: ‚das kann uns keiner nehmen. Oder zählt letztlich das, was ist? Und das ist bald schon düster. Das wird ja immer weniger. Schon Morgens, beim Aufstehen, habe ich Probleme. Was bin ich früher aus dem Bett gesprungen – in einen neuen Tag hinein! Doch heute: wie ein angeschossener Held!‘ Er seufzte leicht: ‚So ändert sich das Alles!‘ Um dann: ‚Schätzen Sie sich glücklich, junge Frau, dass Sie noch über all Ihre Kräfte verfügen! Legen oder werfen Sie etwaige Probleme einfach über Bord – sollten Sie welche haben! Sie wirken manchmal so nachdenklich auf mich. Was bedrückt Sie, junge Frau? Vermutlich eine Liebschaft, die nicht so recht klappt oder in Fahrt kommt … Stimmts? Sie müssen mir das nicht erzählen. Trachten Sie nach etwas Anderem! Suchen Sie sich etwas Neues! Das Leben bietet doch so viel!‘

Sila nickte ihm mit leichter Zustimmung zu. Seine Lebensbeichte hatte sie schon berührt. Sie bedankte sich bei dem alten Mann für die Unterhaltung und für seine Offenheit, aus der man auch lernen konnte. Ja, sie hatte Einiges für sich daraus entnommen – andererseits aber auch insgeheim im Stillen bei sich gedacht: Letztendlich – ein jeder muß mit seinem Leben fertig werden! Außerdem hat er eine Frau, mit der er solche Gedanken teilen kann!

Folglich war sie auch ein wenig zornig und undankbar über das Gehörte gewesen, so wie eben die Jugend häufig aufgebracht ist, wenn man sie zu sehr mit privaten Themen belästigt. Sollte auch sie, Sila, ihre Kopfhörer aufsetzen, um solchen persönlichen Einblicken in der Zukunft zu entgehen?

Sie ging jetzt zum Fenster und machte deren Flügel weit auf. Sehr warme Luft trat herein. Was ungewöhnlich war für diesen Morgen, Mitte November. Ein Hauch von sommerlicher Erinnerung wehte mit in das Zimmer. Sila kam in den Sinn, wie ihr Geliebter des Öfteren im heißen Monat August ein Karibikhemd getragen und es beinahe bis zum Bauchnabel aufgeknöpft hatte, sodass man sein Six-pack sehen konnte, und wie seine Küsse nach Kokosmilch schmeckten und nach der feuchten Schwermut thailändischer Landschatten, und wie sein, Mund selig dazu lächelte. Ja, zweifellos gehörte er zu jenen Männern, die immer lächelnd durch das Leben gingen – an denen der Geruch haftete nach Frauenträumen und Parfum.

War er ein Alchimist … ein Sternenläufer? Und wer war sie? Eine Dahlie, die sich aus den Beeten des Sommers herausnahm, weil der Winter kam? Sie war auch gerne Zuhause, was auch ihrem Charakter entsprach. War sie zur Ruhe geboren? Auf der einen Seite waren da die Universität und ihr Alltag … Danach wollte sie eben auch gerne sich ein wenig entspannen. Wer konnte ihr das verübeln? ‚Oder wird es in der Zukunft dann so sein', dachte sie, ‚dass ich nur noch mit mir selber spreche – wie eine Hündin mit dem Wind?' Ihr fiel dazu eine Zeile ein eines berühmten Liebesgedichtes von Mascha Kalecko: ‚Wie war das Leben eh du kamst, und mir die Schatten von der Seele nahmst?'

Das nur noch zaghafte dünne späte Herbstlicht ließ an den darauffolgenden Tagen die Menschen in den Straßen schemenhaft und unwirklich erscheinen. Die Schatten einer möglichen Trennung des Paares umwölkten bereits die Lüfte. Das gesamte Stadtbild schien umweht zu sein von einer tiefen Melancholie. Der Abend brachte einen orkanartigen Sturm. Am Tage war der Wind noch wie eine Harfe zu hören gewesen: melodiös und weich. Dann brach der Klang auf aprubte Weise ein und die Saiten dieses feinsinnigen Instrumentes wurden in die Nacht gezerrt.

Am nächsten Tage konnte man sehen: es waren Böen gegangen: aufgebracht und wild. Die hatten so manchen Zweig vor die Haustüre gelegt und auch über die Wiesen verstreut. Auch stärkere Äste konnte man liegen sehen und manche Straßen wurden von dicken Stämmen blockiert. Es waren auch Bäume entwurzelt worden und heftige organische Kräfte hatten Erdkrumen davongescheucht, sie an die Ränder von Wegen getragen und zu Hügeln aufgetürmt. Die sich entladende Energie der Atmosphäre war über Feldflächen und flache Ebenen einfach so hinweggefegt und hatte deren Umrisse und Entwürfe zerstört. Auch Autos, die an den Straßenrändern gestanden hatten, hatte sie in ihre gierige besessene Hand genommen, sie einfach, wie zum Spiele, umgedreht oder wie auf einem Geisterplaneten hin- und hergeschoben.

Die orkanartigen Winde hatten nicht gefragt. Sie waren einfach so gekommen, wie aus dem Jenseits gerufen. Sie hatten frech dahingeblasen, sich um ihre eigene Achse gedreht, ausgelassen im Kreise getanzt, gewirbelt, gewütet und gebrüllt oder sonstige Kapriolen vollbracht.

Davor und danach war alles ruhig – eine komplette entgeisterte Ruhe – die einem völligen Nichts gleichkam, einer Leere, ja bald schon einer Absurdität des Schweigens, so, als hätten die Teufel in der Hölle beschlossen, sich in die ewige Ruhe zu begeben. Ein kleines weißes Tuch schien jetzt auf dem Boden zu liegen. War es ein Tempo – ein Taschentuch? Als Sila danach greifen wollte, sah sie, dass es nur ein Lichtstrahl war – auf den Boden gefallen – der diese Form auf ihm hinterließ.

Sie ging nach Draußen – ein wenig spazieren. Sie lief zur Wöhrdstraße, nahm aber nicht den Weg über die dortige kleine Brücke, sondern bog vorher nach rechts ab, um unter den mächtigen Pfeilern der Steinernen Brücke, am sogenannten ‚Beschlächt' die Aussicht auf das Wasser zu genießen. Dort hatte sie sich mit Ceriso schon mehrmals aufgehalten. Sie waren am Ufer des Flusses gesessen und hatten sich der Sonne überlassen. Sie blickten von dem beruhigten Arm des Flusses aus auf die gegenüberliegende Seite und malten sich aus, in einem vorbeifahrenden Motorboot mit dabeizusein – neben und vor sich nichts als die aufgewühlte sprühende Gischt, den Fahrtwind und das Wellengekräusel … ganz im Sinne des italienischen Bootsbauers Riva, mit dessen Schnellbooten im Süden Italiens und an der französischen Riviera – also auch in Nizza und Saint Tropez bestimmte Stars die Meere durchpflügt und sich dem irren Gefühl und der rasanten Geschwindigkeit, hingegeben und ans Herz gelegt hatten. Und sie schmiedeten Pläne, sie und er – ein Kanu hätte ihnen genügt, um es den Nixen gleichzutun, um das kühle Nass abzugleiten und sich mit den Fischen zu vermählen.

Sie hatten sich immer wieder geküßt, zu solchen Zeiten, als sie am Uferrande saßen, und er nippte an einer kleinen Bierflasche, die kein klassisches Format aufwies. ‚Etwas für Lilliputaner!' lächelte er denn auch, , aber genau wie gemacht für mich! Mit Alkohol habe ich wirklich nicht viel im Sinn!'

Heute trug sie eine geräumige Tasche um die Schulter – aus feinstem Leder gefertigt – einer Tierhaut aus Kalb. An diesem Tag lief sie alleine die unbehauenen quadratischen großen rechteckigen Steinquader entlang, hüpfte über die kleineren unter ihnen, teilte, die größeren sportlich ein, um ebenso über sie zu springen. Über sich, auf der Brücke, hörte sie die hellen Stimmen von jungen Mädchen und deren

Lachen. Sie lachten in die Stille des Windes hinein, der sein Wüten aufgegeben hatte – in eine Landschaft, die zwar noch erhebliche Spuren seines Zornes aufwies, die aber wieder zur Normalität zurückzukehren schien. Einige Leute waren mit Aufräumarbeiten beschäftigt. Es schienen viele Mädchen zu sein, die da über ihr, hoch oben, vorbeiflanierten. Das Lachen wurde stärker. Es kam jetzt so richtig nah.

Am Ende des Weges – nachdem Sila eine halbe Kurve um einen Brückenpfeiler genommen hatte; mit höchster Vorsicht, so nahe lag der am dahinziehenden Strom – befand sich normalerweise während der Sommermonate ein Café-Restaurant im Freien, das von einer noblen Hotelanlage verwaltet wurde, und aus dem einem Gespräche und Wortfetzen entgegenflogen. Schon von Weitem konnte man die schwarz-weiße Kleidung der Kellner sehen, und wie sie geschäftig und dienstbeflissen hin- und hereilten, um die diversen Ansprüche ihrer Kunden zu erfüllen. Manchmal vernahm man auch das Weinen eines Kindes und erblickte die Eltern, die besorgt darum herumhuschten, um es wieder zu beruhigen.

An manchen Tagen hatte Sila keine Lust verspürt, sich zu den Menschen dazuzugesellen. Sie blieb lieber am Rande des Geschehens, etwas entfernt, an eine kleine Steinmauer gelehnt, und gönnte sich von dort aus einen bevorzugten Blick auf den heute ruhig dahinfließenden reizvollen Fluss. Unter ihr, auf der anderen Seite, schräg gegenüber, in einer einsehbaren Nische, gurgelte das Wasser aus einem Teilbereich eines großen offenen Kanals. Das Wasser war trüb und schmutzig, aber doch wiederum so klar, dass man die Steine auf seinem Grunde erkennen konnte. Diese waren mit grünlichen Algen bedeckt. Das Ganze mutete morbid an, ja, beinahe freskenhaft: – eine Donauelegie -. Als hätten die Engel Moos gesponnen und die Steine darin verpackt, als hätten überirdische Weise sich zusammengetan, um sich in diesem kleinen Gebiet, nahe des Eisernen Steges, zu versammeln.

Sila dachte daran, wie sie zu Beginn des zurückliegenden Sommers einmal alleine das Freibad in der Nähe aufgesucht hatte, und wie sie, umgeben von chilliger Lebensfreude und Gelassenheit sich dort wohlgefühlt hatte. Sie hatte dort eine fröhliche Menschenmenge angetroffen, die die Sonne zu einer lachenden, übermütigen Einheit zu verbinden schien. Fremde Leute strahlten sie an, grüßten sie oder machten ihr Komplimente. Der leuchtend-blaue Himmel hatte so manche Erstarrung aus den Charaktären, aus den Herzen gelöst. So standen oder saßen die Menschen in kleinen Gruppen zusammen wie eine Herde gleichgesinnter Tiere. Sie scherzten oder unterhielten sich, waren neugierig, machten sich ein wenig an oder riefen einander etwas zu. Sie befanden sich in einer heiteren ausgelassenen Stimmung. Einige suchten ein kleines Gartenrestaurant auf, das zum Schwimmbad gehörte – das ein wenig urig und selbstgezimmert wirkte und das einen hübschen Blick auf das große Bassin bot, in dem sich die Leute tummelten. Diese kleine Wirtschaft schien noch etwas aus der Zeit gefallen zu sein. Sie war noch reizend anzusehen und von Hand gerichtet. Mit türkisblauer Farbe gestrichen war der rechteckige kleine in sich geschlossene Thekenbereich, in dem man günstige Salate und Getränke aller Art erwerben konnte. Auch wurden kleine Menuezusammenstellungen angeboten für die Badenden, die auf den adretten weißlackierten Wirtshausstühlchen davor, an ihren Zigarettchen zogen oder sich ihr Bier schmecken ließen. Elegant und lässig ausgestreckt unterm Sonnenlicht, schlürften sie den hellen genußvollen Schaum und ließen ihn in ihre Kehlen fließen. Bunt, fröhlich war ihre Mode: mit geschnürten, geflochtenen Bikinis oder Einteilern. Sie waren auch in Strandkleider gewickelt mit floralen oder abstrakten Mustern – mit Muscheln- oder Seepferdchen-Motiven, mit Palmen- oder leuchtenden Strandbildern bemalt – in diversen bunten und knalligen Farben. Und ihre Badetaschen standen daneben mit gedrehten Kordeln wie Schiffstaue oder blau-weiß gestreiften Henkeln, mit Ankern und Bootsdekorationen versehen … Dies alles ergab ein phantasievoll-stimmiges Bild – so, als würde man sich vor einer Abreise befinden, die einen an ein größeres Meer führen sollte, so, als hätte man das Hupen der Dampfer bereits im Ohr. Und man sah im Geiste schon die Uniform des Kapitäns und, wie seine Gefolgschaft an der Reeling stand, und auch an Käptn's Dinner dachte man und Sternewerfer blitzten in Gedanken auf über dem als Nachtisch gereichten Eisbuffet und einer Mosse-au-Chocolat.

Rosenhaine waren um dieses feine Restaurant im Freibadbereich gepflanzt – in schmale, rechteckige Beete: die Rose, die Königin der Blumen – in lachsfarbener, zitronengelber oder weißer Schönheit.

Diese aufgeweckte amüsierte Badegesellschaft vermeinte Sila plaudern zu hören, als sie jetzt verträumt über den Fluss blickte. Und ihr relaxtes Sitzen oder Liegen glaubte sie, vor sich zu sehen – auf den langgestreckten großen Betontreppen über dem Schwimmbassin, die aufgeheizt waren von Sonne und Frohsinn. Einige Leute lasen dabei aus einem Buch oder blickten einfach in stummer Manier auf die sanft plätschernde Wasserfläche, in der es sportlich und betriebsam zuging, aber auch ruhig und gemächlich. Wenn allerdings plötzlich ein Gewitter aufzog, war das Becken auf ein Mal leer. Nur die Köpfe von ein paar ganz Wagemutigen ragten dann noch aus dem Wasser. Bald schon körperlos schienen sie dahinzuschwimmen, wie losgelöst, unter den eintretenden Regenfällen und den zuckenden Blitzen.

Sila dachte auch daran, wie sie sich einmal an einem kühlerem Tage in den jetzt vor ihr liegenden Fluss begeben hatte, wie, um dem Wetter zu trotzen. Und, wie dieser, wie mit tausend feinen Nadelstichen ihre Haut gereizt und auf ihr gebrannt hatte, und wie sie in diesem kalten Feuer dahingeschwommen war: mutig und hingegeben – und wie sie sich ganz diesem etwas harschem Element anvertraute, das die Witterung in lähmende Schatten gelegt hatte.

Als sie einmal einige Kilometer außerhalb der Stadt mit Ceriso zusammen einen Hügel erklommen hatte, resümierten beide darüber, wie sich die Menschheit im Allgemeinen ausnehmen und verhalten würde in rigorosen Zeiten eines möglichen Klimawandels, der mit Sicherheit in zehn oder zwanzig Jahren, wenn nicht schon eher, eintreten würde. Und Ceriso meinte lakonisch: ,so schnell würde der Mensch wohl nicht zugrundegehen. Er würde sicher Einiges durchzustehen gewillt sein. Wahrscheinlich würden die Leute, genauso wie jetzt, dasitzen, die Hände verschränkt, unterm Aufbersten der Zeit, oder wären in überflüssige Tätigkeiten gewickelt, die sich aus einem Konsumstreben heraus entwickelt hätten – würden sie kastige bullige Autos fahren, sich dem häufigen Fernreisen widmen und smarte Kleidung bevorzugen. Man würde dem Luxus frönen, was sonst … Sodass das Leben der Einzelnen durchgezogen werden würde, ohne Bedenken, ob man damit die Natur traktierte. Und Baumsterben, eine eventuelle Gletscherschmelze, das Aussterben seltener Tierarten, die Ausrottung von Lebensräumen … alldas, würde im Prinzip nicht aufgehalten werden, sondern sich weiter verschärfen. Und er könne sich gut ausmalen, dass diese Verhaltensweisen in zehn oder zwanzig Jahren zu einem Desaster führen könnten.'

Sila wollte sich so ein schlimmes Szenario gar nicht gerne vorstellen und blickte lieber verzückt von oben auf das unter ihnen liegende Tal, das in einem sehr schattigen Braunton des Herbstes gehalten war, der in einen rötlichen Farbton überging. Die Ahornbäume wiesen einen ockerfarbenen Blattbewuchs auf oder präsentierten sich in eindrucksvollen leuchtenden Orangetönen. Ein leichter Nebel lag um die ein wenig gespenstisch wirkende Landschaft, so, als würden Druiden darin hausen oder sonstige Fabelwesen. Man hatte förmlich den Geruch der Pferde in der Nase, die über dieses märchenhafte, bald schon sagenumwoben erscheinende Gebiet hinwegtrabten. Szenarien aus alter Zeit taten sich gedanklich vor einem auf, als erstünde und erhöbe sich eine mythenumrankte Vergangenheit, als habe der zu Ende gehende karge November eine Erzählung, ein Fragment aus einem Roman vergangener Zeiten herausgelöst und in das Schattenfenster der Gegenwart versetzt.

Sila war sich sicher: den Menschen würde der Blick auf eine neue Zukunft geschenkt werden, Sie würden den Stab ihrer Gemeinsamkeit wie ein Zepter in die Höhe halten. Man würde alles überstehen. Es würde alles weitergehen, auf eine perfide und unzerstörbare Art. Denn die Zukunft gehörte auch den Gläubigen, die die Hoffnung noch nicht verloren hatten, sie gleichsam eingraviert trugen in ihre Brust. Denen, die darum wussten, dass die Menschen zur Einsicht verleitet und dass Umgestaltungen stattfinden würden, sodass man fortan friedlich leben könnte mit Tieren, Pflanzen und Blumen und man in der Vergangenheit gemachte Fehler versuchte, zu vermeiden. Sodass es kein Erleiden mehr gäbe so vieler Völker an der industriellen Traumatisierung, und man auszusteigen gewillt wäre aus diesem Spiel ungleicher Kräfte, um ihnen ein Leben in Würde zukommen zu lassen, das ihre Andersartigkeit nicht aufzuheben trachtete, sondern respektierte. Sodass jedes Volk seine individuelle Weltanschauung und Religion leben könnte, dass Grenzen und Eigenheiten akzeptiert werden würden, um Kriege zu verhindern. Die Welt sollte transzendent sein können und jedes Land das Recht haben, sich politisch und religiös zu entwickeln, soweit es nicht die Menschen der Tyrannei unterwürfe. Doch sollten auch nicht andere Länder mit ihrem Glauben und ihren Maßstäben versuchen, Andersdenkende zu revolutionieren und sie damit zu kasteien. So könnte ein friedvolles Miteinander aussehen: mit Toleranz ohne Schwellenangst, dem Dulden von Fremdartigkeit und mit der Entwicklung eines Verständnisses für das, was man nicht unbedingt sofort begreifen kann.

Oder war sie eine Phantastin? Hatte sie die Realität aus den Augen verloren und wurde sie angesichts der unter ihr liegenden sehnsuchtsvollen Landschaft von galoppierenden Träumen geküßt?

Ceriso meinte, ‚in letzter Zeit schlafe er viel und dieser Schlaf würde ihm zur Regeneration dienen und gleichzeitig seine Gedanken sammeln.' Sila sagte ihm, ‚dass sie ihre Kleidung pflege. Sie habe kaum mehr Zeit dafür gehabt. Sie bügele, repariere und nähe und richte sich auch ältere Stücke, die sie schon lange nicht mehr getragen habe, wieder her.'

Er fuhr weiter fort: ‚Was ihm auch aufgefallen sei … Er habe nunmehr schon Erfahrung darin, sich herauszunehmen aus der Zeit, und das auch ohne Droge. Er gönne sich nun des Öfteren einen Aufenthalt in einem noblen Stadtcafé, das ihm einen herrlichen Blick böte auf einen interessanten Innenhof, mit einem bemerkenswertem Nebengebäude, ein paar spätgotischen Fenstern darin, und, der auch den Blick freigäbe auf ein paar hohe ehrwürdige Türme, schräg daneben, die noch mit mittelalterlichen Schießanlagen versehen wären. Oder er beobachte, beispielsweise, einen alten Mann auf einer Parkbank, wie er sich eine Zigarette drehe, und er fände Freude daran, ein paar kichernden Teenagern zuzusehen – wie sie sich neckten und wie sie ihm lachend entgegenkämen. Sie erinnerten ihn an seine Jugendzeit. Es schien ihm bald so, als würden ihm spontane alltägliche Ereignisse auch alleine wieder Spass machen. Und, was die Jahreszeit anbelangte, die momentan höchst animierend sei, so gefiele ihm am Meisten, wenn auf ein falbes Grün etwas Dunkles, Rotes träfe – ein Farbton, der an schattige Beeren oder an die Früchte des Kapuzinerstrauches erinnerte – oder etwa auch, wenn die Nässe des Regens einen aufgeschichteten Holzstoß so umspült hätte, dass durch die Feuchtigkeit ein Orangeton erschiene – ein kräftiges Orange – und die feinen Rillen der rost- oder dunkelbraunen Ringe des Holzes, die auch eine hellrote Maserung bergen, damit leuchtend und mehr noch sichtbar würden.

Auch habe er einen Teller bei sich Zuhause mit Eicheln und Walnüssen dekoriert und allen Früchten des Herbstes. Er sprach auch davon, dass er danach trachte, in Verbund mit seinen Freunden den Ausstieg aus der schweren Droge zu schaffen. Und er würde auch weiter an diesem Plan festhalten, selbst wenn sie, Sila, nicht mehr an seiner Seite wäre. Es verdichte sich in ihm eine Ahnung, dass dies bald geschehen könnte – doch sähe er auch in so einem Falle keinen Grund, ihr eine Loslösung, eine eventuelle Trennung von ihm, nachzutragen. Nach diesen Worten küßte er sie. War es ein Kuss der Wehmut? Sie befanden sich jetzt auf dem Rückweg in die Stadt. Auf einer Marmortreppe, am Rande einer Straße, vor einer schmiedeeisernen Eingangstüre, lagen verloren ein paar herabgefallene Blätter, über die behutsam ein Windstoß strich. Im Hintergrund waren Lilien gepflanzt, deren steil aufragende Blattreste jetzt gekrümmt wirkten – etwas abgeknickt und ineinander verwunden. Eine schattige Traurigkeit beendete diesen Nachmittag und die verwelkten Blumen schienen dieser Stimmung nachzugehen.

Sila dachte an das Haus ihrer Großeltern, das auch schön war, wenn im Sommer die Hitze nach ihm griff ... im Winter sowieso, inmitten der beinahe unwirklichen Stille und deren stummen Worten. Und besonders dann, wenn im Frühjahr der Steinklee die alten Mauern herunterrieselte und ihre Großmutter mit ihren schlohweißen Haaren die exakt gespannten rechteckigen Beete in dem kleinen Vorgärtchen bepflanzte und ihr Opa auf seinen weichen Hausschuhen die gewundene Holztreppe herunterschlurfte, um den gefilterten Kaffee aufzubrühen, und es danach so heimelig duftete, wenn er den selbstgebackenen Napfkuchen seiner Frau auf den klobigen Bauerntisch stellte, um ihn anzuschneiden – und wie er die heiße Brühe in die Tassen goss, die aus Delfter Porzellan waren, mit feinem blauem Zwiebelmuster dekoriert. Sie dachte auch an einen Gobelin, einen bestickten Wandteppich, der über der Bank der Essecke hing, und auf dem Natur- und Jagdmotive: Tannengruppen, Pilze, Moosgeflecht und Hirsche, Rehe, Eulen, Fasane und Kaninchen eingewirkt waren, und wie sie manches Mal, plötzlich von Schlaf übermannt, über deren Betrachtung, und nach einem üppigen Mittagessen, sich darunter ausgeruht und wieder neue Kräfte gesammelt hatte.

Die Frau des Großvaters war eine gelernte Köchin, die es verstand, immer wieder köstliche vollmundige Speisen zu kreieren – wild duftende vollendete Bräten zu servieren und anmutige, zart-mundende Desserts aus Waldfrüchten und cremigen Eis- oder Schokoladekompositionen. Es gab auch eingelegtes Obst- wie etwa Pflaumen in Essig oder Rumtopf. Und da war vor allen Dingen Lebenslust spürbar – entstanden durch eine private und separierte Gemütlichkeit, die den

Alltag, in eine Sphäre der Vertrautheit und Annehmlichkeit erhob. Und sie waren immer da. Für ihre Großeltern gab es keine Suche nach Ablenkung – außer, dass sie sich mit ihrer Familie, ihren Bekannten und den Freunden um ihren Wohnzimmertisch versammelten. Sie waren in ihr Leben gestellt, das sie erfüllten mit Hingabe und kühner Beflissenheit – in ihr sorgsames, einfaches Leben.

Sie, Sila, und auch all die jungen Menschen um sie herum, verkörperten schon eine neue Generation – vom Voranschreiten der Zeit in den Armen gehalten, um mit ihr dahinzufliegen, beinahe brüsk und atemlos – Ja, atemlos gehalten, in das Schema dahineilender Tage gepresst, das einem Windessturm glich und dem man nur entkommen konnte durch Entspannungssuche und Eigensinn. Unaufhaltsam bewegte sich der Zeiger der Uhr und ihre bleiernen Ziffern fielen zu Boden und lagen

da, wie hingegossen auf dem Grund – wohingegen die Nächte widerwillig waren, ohne Schlaf und stumm. Wer wollte ihnen die Stirne bieten? Oftmals stand Sila mehrmals auf in einer Nacht, um ein paar Schritte zu gehen, um wieder einschlafen zu können. Sie las dann häufig, bediente sich ihrer Bibliothek, einer nicht wenig umfangreichen, holte sich alte, bereits gelesene Bücher daraus hervor, um Hinweise auf ihr jetziges Leben darin zu finden oder sich sonstwie darin zu vertiefen. Zuweilen trank sie auch Tee oder klares kaltes Wasser, um ihren Durst zu lindern oder ihren Geist zu kühlen, der zuweilen aufgebracht und etwas aufgewühlt war. Sie schnitt sich auch Brot. Sie war hungrig und durstig zugleich.

Wie würde er, ihr Geliebter sich fühlen?
Sie wusste es nicht.

Und, zuweilen bäumte sie sich auf gegen die dahinstürzende Zeit, die ihr aus den Händen zu wandern und mitunter zu rasen schien wie ein entschwindender Komet.

Sie dachte an die Parkbänke im Sommer – zwischen dunkelgrünen prallbepackten Laubbäumen – und, wie sie und Ceriso heftig einer des anderen Nähe gesucht hatten. Jetzt trugen die Menschen dicke Schals um die Hälse geschlungen. Ihre Körper waren in Steppmäntel gepackt oder in teddyflauschgefütterte Anoraks, die große Krägen aufwiesen, wie es jetzt gerade in Mode war, oder Jacken aus gewebtem Pelz. In den Gärten standen noch vereinzelt ein paar Rosen. Gerade diese einsam dastehenden Blumen in ihrer Zierlichkeit, in ihrem zarten beharrlichem Wuchs – die immer noch in kräftig roter Farbe blühten – ergriffen jedes Beschauers Sinne. Es war ungefähr so, als hätte man aus dem früheren Blau des Sommerhimmels eine Ecke gelöst oder herausgeschnitten, die diesen anmutigen Gebilden zur zauberhaft-anmutigen Wegbegleitung diente – um ein paar blühende Träume mitzunehmen auf die Winterreise …

Sila fiel eine Vase dazu ein, die aus einem geschliffenen Dekor war: in mattem Glas. Kleine Röschen steckten in ihr, die eher den Früchten eines Hagebuttenstrauches ähnelten – wie sie herausleuchteten aus dem dünnen sich verzweigenden Geäst. Als wäre dieser Strauß unterwegs gepflückt worden und man hätte ihn etwas ungeordnet in das gläserne Behältnis gesteckt.

Ihr kamen auch Narzissen eines anbrechenden Frühlings ins Gedächtnis – etwas verwelkt schon – deren Blütenkelche hauchzartem Pergamentpapier glichen und die augenscheinlich den fahlen, bräunlichen, gedämpfteren Tönen vorangeeilt waren, die in der Natur jetzt überhandnahmen.

Die nächsten Tage fiel Regen in hauchdünnen Strähnen vom Himmel. An den Wochenenden, frühmorgens, befand sich Sila zuweilen ganz alleine auf der Straße, wenn sie sich zu Spaziergängen aufmachte, die ihr halfen, nach ausgiebigen schulischen Studien wieder zu Kraft zu gelangen. Nur das Rauschen des Wassers unter den Kanaldeckeln und das immer wiederkehrende Glucksen nach den nächtlichen Regenfällen konnte man hören. Man vernahm das sich unter ihnen heranziehende Wasser wie ein blasses unterirdisches Brausen.

Die Schauspiele der Natur ...
Sie dachte an den Sommer – als Blitze vom Himmel gesandt worden waren: ekstatisch und grell – und sie beobachtet hatte, wie eine Katze, entsetzt über die Laune der Natur, unter ein beliebiges Hausdach geflüchtet war, um genervt und ängstlich den lauten Donner zu erwarten, der sich bereits durch ein unheilvolles Grollen angekündigt hatte.

Und Sila dachte daran, wie sie und Ceriso einmal in so ein Unwetter geraten waren, und eine Wolke über ihnen geplatzt war, bis überall Wasserpfützen entstanden waren und ihre Schuhe geknatscht hatten vor triefender Nässe. Doch sie hatten der Nässe noch feuchte Küsse hinzugegeben und ihren Weg fortgesetzt. Sie hatten sich nicht beirren lassen. Ihre kühlen Hände streichelten sich gegenseitig die Wangen. Sie waren einem Park zu gelaufen, einem steinernen Turm zu. Dort, in dem Gemäuer, das ein wenig feucht roch und moderig, pressten sie sich aneinander: heftig und bald schon rücksichtslos. Hier war Niemand. Wirklich Keiner. Sodass dieser Turm aus der Römerzeit, der bis in die Gegenwart seine Festigkeit bewahrte – ein trutziges Bauwerk – gehörig ins Schwanken geriet. Man hätte mehrstöckige Treppen erklimmen können, das bot diese Umfriedung noch an. Aber

Sila und ihr Geliebter zogen es vor, im Eingangsbereich zu verbleiben. Sie verliefen sich dorthin – in eine Ecke – küßten sich, zuerst eifrig, dann rasend, voll blindem Zuspruchs und Begehr. Es hatte den Anschein gehabt, als ob ihnen eine Ritterrüstung – ehern, kurz aufblitzend – die sich in diskreter Entfernung zu dem Pärchen befand, durch ihr Visier zublinzeln würde.

‚Wir sind alleine ... heute sowieso ... es regnet' flüsterte der Mann dem mutigen Mädchen zu und vollzog ein paar unerlaubte Dinge; unerwartete auch. Oder war es klar gewesen – schon beim Eintritt in das Gemäuer, von Anfang an – dass dieses Denkmal hier als Ummantelung, als Schutzmauer dienen könnte und man dieser Einsicht gegenüber nachzugeben hätte.

Später, während des Nachhauseweges, rief er aus: ‚Du bist wie ein Traum für mich! Wie das Parfum, das ich an das Revers meines Mantels sprühe, wie sein Duft, der mich so Tag um Tag zärtlich umweht!'

Die Zeit verrann ...

Die Zeit schritt fort ohne anzuhalten.
Die Tage wurden kürzer, die Nächte nahmen ihnen den Atem.

Sila joggte wieder.
Sie trotzte mit eiserner Energie der nahenden Kälte. Sie war diesbezüglich ein wenig lustlos gewesen, hatte kaum mehr Sport getrieben. Nun schien ihr Eifer zurückzukehren. Nun hatte sie wieder das Verlangen, ihren Körper zu stählen, was ihr zu einem neuen Selbstbewusstsein verhalf. Ihre Konturen wurden straffer, schlanker. Sie machte auch Pläne bezüglich ihrer Zukunft. Vielleicht würde sie sich vom Landleben verabschieden, in die Altstadt ziehen – Haremshosen tragen, freeky sein, zwischen den Mauern tanzen, plaudern ... Die Stadt mit ihrer bunten Vielfalt, mit ihren abwechslungsreichen Angeboten ... War das nicht etwa zuweilen so, als würden aus einem speziellen Fertigungsgerät ununterbrochen buntbepackte Bonbons und Lollis ausgespuckt werden? Und dann die Sommer ... Die Straßenmusikanten verführen – mit ihnen gemeinsam irre Songs und alte Lieder in die Gassen schmettern – auf offener Straße Flamenco tanzen und mit den Geigen der Roma und Sinti flirten. Oder war das nur ein Traum? Sie lief jetzt eine Reihe in sich geschlossener Büsche entlang, die hoch und feingliedrig die Straße säumten. Das Pflaster darunter war noch ausgebleicht, als hätte der Sommer es entfärbt. Die Steine waren brüchig. Das Licht wirkte wie eingebunden in die mageren Zweige der Bäume, deren Schattenwürfe heute wie Zebras aussahen. Es ging ein feiner Wind, der ein leises Rascheln in den Ästen hervorrief.

‚Die Schönheit ist ein Teil des Menschen‘, hatte Ceriso einmal resümiert: ... ‚aber auch das, was man nicht sehen kann, was im Verborgenen liegt: sein Humor, sein Kunstsinn, vielleicht sogar seine Eitelkeit. Das, was man nur fühlen, ahnen kann, das auch.'

Er hielt zu diesen Worten ein Glas in der Hand und schwenkte die Flüssigkeit darin etwas hin und her. Er sah in das Glas hinein, als ob ihm darin ein Orakel erscheinen könnte, oder so, als läge eine besondere Klarheit darin. Seine Haut war etwas fahl gewesen an diesem Tag. Sila wähnte, er habe sich wieder etwas ins Blut gejagt, sich womöglich wieder der Droge bedient.

Weiter meinte er auch: ‚Oder einfach nur da sein und die Bettdecke spüren auf der nackten Haut. Nichts denken, nur fühlen und das Herz beben lassen. Kein Dress-Code für die Liebe‘ fügte er ergänzend hinzu und lächelte dazu charmant.

Er zog sein T-Shirt hoch und stieg in blinder Eile aus seiner Hose – warf sodann die gesamte Kleidung mit einem lässigen Schwung in eine Ecke, sodass er nur noch in seiner Unterhose vor ihr stand. Wild sah er aus und schön. Und man könnte sehen, wie sehr seine Sinne auf das gerichtet waren, was er begehrte. Und ihrer beider Wesen waren geprägt gewesen von Wollust und dem Wunsche, vereint zu werden.

Und nun? Die Hitze hatte das Lachen aus den Menschen gelöst. Jetzt ergoss sich eine bleischwere Stille über den Straßen, als ob sich darin kein Leben mehr befände, als ob der heraufziehende Winter jetzt schon alles aus ihnen genommen und gelöscht hätte. Die Hitze war wie ein warmer Schleier fortgezogen und mit ihr die Vögel, die Lustschreie der Kinder auch, die ihre Spiele in die Häuser verlegten – und auch das Sägen von Holz für die Bevorratung der kalten Jahreszeit war verstummt. Als habe jemand das Licht ausgemacht, strikt und rigoros, so fuhr die Dämmerung herein. Als habe man den Schalter des Universums getätigt und den der Dunkelheit und Stille aufgedreht.

War die Natur am Ende?

Sie setzte nur zur Pause an, um im nächsten Jahr hinüberzugleiten in eine neue Erwartung, in ein neues Erwachen. Sie legte einen Schattenwurf über das vollmundige Leben, um daraus gestärkt und ermutigt wieder hervorzugehen.

‚Dann spürte ich auf ein Mal, dass das Leben ein Sog war‘, erklang Cerisos Stimme in Silas Gedanken hinein. ‚Dass es egal ist, wie man lebt, dass die Energie sich immer weiter verzehrt. Und, dass die Droge ein Mittel sein kann, die Zeit zum Anhalten zu bringen, sie zum Stehenbleiben zu veranlassen. Von Geburt an altern wir, neigen wir uns dem Ende zu, dem Tode. Ist so etwas auszuhalten? Es läuft uns doch alles aus der Hand. Was kümmert mich die Zukunft! Ich will hier sein, in der Gegenwart! Soll man nicht etwas anhalten? Heute ist nicht Morgen. Wir sind doch nur Marionetten der Zeit. Die Droge löst bei mir ein Vakuum aus, eine Leere im Gehirn. Man hört auf, zu existieren. Der Schmerz am Dasein verschwindet. Bunte Phantasiewelten tun sich auf und das Leben wird besser erträglich.‘

Sila hatte dazu nur trocken angemerkt: ‚Ich weiß aber auch um die Folgen. Die habe ich ja ständig vor mir!‘

‚Ich weiß, Baby … Oder bin ich ein Dieb? Er zwinkerte ihr mit einem Auge zu: ‚Ich stehle mir die Zeit!‘

Mit diesen Gedanken lief sie durch eine Unterführung. Am Boden neben der Wand lag ein abgenagter, von Winden und Sonne zerbröselter Maiskolben. Tauben flatterten auf. Eine Tankstelle, die sich in der Nähe befand, war ihr Ziel. Ein paar Mädchen und Jungs standen vor dem langgestreckten Gebäude und unterhielten sich. Sie rauchten. Sie blickten auf, als sie Sila bemerkten und schenkten ihr einen Gruß und ein

Lächeln. Sie erwiderte das Angesagte. Sie nahm im Inneren des Gebäudes einen Café. Danach bestieg sie einen Bus, fuhr damit ein kleines Stück, ein paar Stationen, und begab sich in ein einladendes Waldgebiet. Dort sog sie förmlich die klare frische Luft ein und machte ein paar tiefe Atemzüge. Sie warf die Arme in die Luft. Nachdem sie einen Teil des Weges, der zu einem Tannen- und Fichtengehölz führte, entlanggegangen war, tat sich kurz die Sonne auf. Der Himmel zeigte jetzt ein blasses, helles Graublau, wie es für den Monat Dezember üblich Ist.

Der Kot von Tauben hatte ihr ein Durchgehen der Unterführung erschwert. Im Walde war der Weg unter ihr von großen Kieselsteinen gesäumt. Als sie aber weiter nach innen kam, wurde er pampig und Wasserlachen ließen sie häufig innehalten. Dies kam wohl von den launigen Regenfällen der letzten Zeit. Zu beiden Seiten des Weges waren jetzt kleine und größere Brocken Erde zu sehen – wie aufgeworfen – und auch das Gras daneben wirkte zuweilen wie aufgepflügt. Da waren Erdkrumen oder auch Erdhaufen, die aus getrockneten eingenäßten Blättern resultierten.

Als sie den Wald durchquert hatte, lagen da auf der anderen Seite gegenüber, auf einem Hügel, einige bemerkenswerte Bungalows. Einer davon war zitronengelb gestrichen worden, ein anderer mit einem Hauch von Grün. Wieder ein anderer war weiß ... bald wie Schnee und leuchtete mediterran. Er erinnerte an die Häuser und Villen in den Urlaubsgebieten der Meeresländer. Der nächste war gehalten in kräftiger oranger Farbe, einem Farbton, der Fröhlichkeit und gute Laune vermittelte – in einer Farbe, die an großartige Sonnenuntergänge erinnerte, an Tequila und an bunte mexikanische Strohhüte.

Ein Orange-Rot und vielleicht noch ein Pink oder Lila und schon hat man die frischen Farben aller sommerlichen und südlichen Gefilde. Und man denkt an mehrfarbige Fische, an Papageienarten und an stilvolle Arrangements, davon animiert, und an dekorierte Säle mit Büscheln üppiger Servietten und knallbunter Tischwäsche. Brasilien fällt einem dazu ein oder auch das Tanzgeschehen afrikanischer Naturvölker und die leuchtende Kleidung der Menschen dazu oder die orange-roten Gesteinsformatierungen eines Grand Cannyon, aber auch die feurig-sandigen Böden Ägyptens und Südamerikas. Die Farbe spiegelt den Zustand der Seele. Sie inspiriert und verzückt. Sie lodert wie eine Flamme und brennt wie Feuer. So wie das Rot zur Farbe der Liebe avancierte … zur Farbe der Herzen – wie ein Signal, ein Haltepunkt – so war auch Orange die Farbe von munterem positivem überschäumendem Lebensgefühl.

‚So ist zuweilen mein Gemüt‘ hatte Ceriso einmal festgestellt: ‚Rot-Orange.‘

Woran mochte er bei diesem Ausspruch wohl gedacht haben? War es der glühende Ätna, der sich quasi vor der Türe seines Heimatlandes befand? Oder war es das sinnliche Rot von spanischen Flamencotänzern und das Rot der Tücher in den Stierkampfarenen – oder die rote Robe einer verführerischen Diva?

Quasi parallel zu diesen Gedanken sah Sila bei ihrem Heimgang an einer Ortswand ein Plakat mit langschnäbeligen Kolibris und Papageien mit großen roten, weißen und lila Schnäbeln. Und sie vergaß beinahe den Verkehr um sich herum vor diesen filigranen poetischen Gemälden an den Werbetafeln, die so leicht und luftig, wie schwebend an die Gemäuer geheftet, in den Himmel ragten, die Romantik und sehnsüchtige Fernwehgefühle daherbrachten, bis die Sonne

einen heiseren Schatten über sie warf – sodass deren Bildhaf-
tigkeit zu einer gebrochenen Romantik geriet: etwas obskur
und surreal in ihrer Aussage – relief-, kreisartig, oval- oder
floral bekränzt und rautenförmig überspielt.

Sila lief weiter.
Häuserwände zogen vorbei. Deren Fassaden hatte man zuweilen in leuchtenden Farben gestrichen. Die Dächer waren
ziegel- oder karminrot, anthrazit oder schwarz. Von einer
Anhöhe aus blickte man auf ein quadratisch-anmutendes
erdfarbig-bemustertes Tal, das im Hintergrund, in der Ferne,
von einem Waldstück gesäumt wurde. Geschlungene gewundene Wege führten durch einzelne Feldbezirke nach oben,
einem weiteren Berge oder der Senkung zu, in den unteren
Bereich … quer auch über die Landschaft oder schlängelten sich in kurvigen Linien dahin oder zerteilten mutig und
kompromisslos die dargebotenen Flächen.

Die Rufe von Kindern hallten aus dem Waldgebiet herüber
und man vernahm auch die beschwichtigenden Stimmen
von Erwachsenen. Äste lagen auf dem Boden, die der letz-
te Sturm aus den Bäumen heruntergeweht hatte. Ein Hund
bellte, so, als wollte er seine Stimme trainieren. Als übte er,
der Beste, der Ausdrucksstärkste zu sein. Die eindrucksvolle
Schärfe seines lauten Stimmorganes zerschnitt den friedli-
chen Tag. Er bellte so kräftig, das das Eisen zersprang, an das
er gekettet war und dass der Vorhang des Himmels sich öffnete und sein Schleier zerfiel. Er zerstörte die Stille und biss
in sie hinein wie in einen gehörigen Laib Brot, sodass man
darin seine Zähne hätte finden können.

Ein Hund gebietet immer. Er ist da wie die frische Luft. Er
riecht und existiert. Selbst im Schlafe, in sich zusammengerollt oder halbwachend, ruhend auf seinen Pfoten. Er ist

der Beherrscher aller Zeiten und er behält die Übersicht. Ein Hund treibt die Sinne zusammen und die Tiere auf der Weide. Vor einem Hunde geht das Leben in die Knie.

Sila hörte zu Laufen auf.
Ein grau-schwarzes, großes, wie zu einem länglichen Schiffchen zusammengerolltes Blatt auf dem Boden hatte sich so bewegt, als würde ein riesiges Insekt herankriechen, worauf sie erschrak. Sie fühlte manchmal ein unerklärliches Entsetzen schon über die banalsten Dinge in sich aufsteigen. Ein gepunkteter Marienkäfer etwa vermochte bereits eine Art von Unbehagen in ihr auszulösen, wenn er in ihrem Zuhause vor ihr über den Fußboden krabbelte. War es die Waffe der Natur, die ihre zerbrechliche Seele zuweilen zu traktieren schien?

Doch diese bescherte ihr wiederum auch schöne Erlebnisse. Sie dachte an eine Ente, die auf ein Mal aufgetaucht war, um mit ihr eine ruhige sommerliche Idylle an einem Vormittag der zurückliegenden Saison zu teilen. Sie war aus dem nassen Schilfgras hervorgeschlüpft, das das Flussufer bedeckt und war trägen Schrittes herangekommen. Sie hatten einander angesehen: Mensch und Tier. Da war ein Blick auszumachen gewesen voller Innigkeit, wissend um alle Vorkommnisse des Lebens. Und, wie zur Ergänzung tönten Kirchturmglocken hinzu. Sie läuteten eine morgendliche Messe ein und die Besucher eilten herbei.
Es handelte sich um einen warmen melancholischen Ton, der Feierlichkeit beinhaltete. Mehrere Glocken erklangen in die sonntägliche Stille hinein, die nebeneinander läuteten. Trotzdem beriefen sie eine Einheit ohne Chaos. In diesen Klängen so schien es, zeigte sich eine Regelmäßigkeit – eine musische natürliche Meditation.

Ein paar Leute waren die Ufermauer entlanggelaufen. Manche hatten eine Kamera in der Hand gehalten. Da trat auf ein Mal der Ton einer neuerlichen Glocke hinzu, die heller, beinahe scheppernd klang – eine Glocke, neben der alle anderen in den Hintergrund traten. Ihr metallisches Hämmern dauerte nur kurz. Dann übernahmen die vollmundigeren Töne wieder die Regie. Das Wasser gluckerte leise.

Plötzlich vernahm man ein paar unsanfte Schläge, die von Bierkästen kamen, die angeliefert und abgeladen wurden, um bestimmte Lokale mit Getränken auszustatten. Die Strömung des Flusses wurde geführt wie von unsichtbarer Hand. Man konnte Gedanken und Überlegungen mitschwimmen lassen, und man hatte das Gefühl, als würden diese sich in derselben ruhigen Art bewegen wie dieser morgendliche Flusslauf.

Sie ließen sich von ihm tragen und inspirieren.

Nun aber waren diese Tage des Sommers und auch des darauffolgenden Herbstes endgültig vorbei. Das Wetter änderte sich aprubt. Nach ein paar kühlen Regenfällen, unter denen die Ackerflächen noch einmal aufgeatmet hatten, wehte jetzt ein eisiger Wind heran. Die Temperaturen sanken. Und bald waren die Wege am Fluss verglast und unbegehbar. Sila trug halbhohe geschnürte Stiefel mit trittfesten Sohlen, die ihre zarte Mädchenhaftigkeit noch unterstrichen und hervorhoben.

Im Innenbereich der Stadt, zwischen den Gassen, war es noch um einige Grade wärmer. Sie wunderte sich immer wieder über die Schönheit einzelner Straßenzüge ... Da war die Von-der-Tann-Straße, an deren Mauern, im Bereich einzelner Eingangstüren, sich schmiedeeiserne Blumen emporrankten, deren Tore zuweilen intarsienmäßig-eingelegte Kunstdekore auf Hartglas zeigten – große hölzerne Umfriedungen, die, wenn sie sich auftaten, auf gepflegte Hinterhöfe wiesen. Manche Blütenmuster waren vergoldet oder mit einem zartem Grünton bemalt – auch in Pastellfarben gehalten – was ihnen etwas Edles, Erhabenes verlieh. Auch Steinfresken, in Wände gemeißelt, gab es da: Blumenmuster und Ranken und bildhauerisch geformte steinerne Figuren: so etwa zwei Hirten – am Ende des Straßenzuges – einen davon mit Blockflöte. Gegenüber – auf der anderen Straßenseite – befand sich der gewaltige Gebäudekomplex des Albertus-Magnus-Gymnasiums, von dessen Stirnseite aus, zwei steinerne Büsten mit unbewegt-starrer Miene auf das neuzeitliche Stadtgeschehen herunterblickten.

In den Jahren 1890/1900 war die Von-der-Tann-Straße nur ein Weg gewesen, der an der Inneren Stadtmauer entlanggelaufen war. Vornehmlich Gemüsebauer, die man Krauterer nannte, bewohnten die villenartig-konstruierten Gebäude und legten davor und dahinter ihre Gärten an. Schon vor der Ummauerung der Stadt, im Jahre 1320, versorgten diese Bauern das Stadtvolk mit Gemüse. Vom Krauterweg aus, wie die Straße damals genannt wurde, konnte man auf Treppen, die zu einem Wehrgang führten, zur Inneren Stadtmauer gelangen.

Damals war das in der Nähe liegende Ostentor noch bewacht und anhand von Zugseilen mit einem Falltor verschließbar gewesen. Hinter den Schießscharten waren Armbrustschützen bereitgestanden und aus den auf dem hohem Gebäude angebrachten Guss-Erkern und Pechnasen heraus waren eventuelle Angreifer mit siedendem Öl oder Pech begossen worden.
1383 wurden in der Von-der-Tann-Straße Stadtgraben und Zwingermauer erbaut. Die Zwingermauer – eine Umfriedung, die sich bis zum späteren Peterstor hinaufzog.

Diese geschichtlichen Erinnerungen bewegten Sila immer wieder aufs Neue und sie stellte sich vor, wie die Bürger zu jener Zeit gelebt haben mussten, wie sie sich angesichts der wohl jederzeit drohenden Gefahren von Außen in ihrem Stadtbereich gefühlt hatten. Oder würde die Bedrohung in der Jetztzeit und in der Zukunft nur eine andere sein und noch gefährlicher? Vor welche Probleme würde der Mensch in ein paar Jahrzehnten sich gestellt sehen und wie würde er darauf reagieren?

Momentan lag ein Geruch von Schnee in der Luft – der Geschmack frostiger Wildnis. Nachts ... unter den Sternen am Himmel, wirkte der Fluss wie in Schatten getränkt. Der Eisblumentanz begann. Feine Kristalle überzogen die Straßen. Der Wind ließ die leeren Bäume knarren und knacken. Er rief die Gespenster auf den Plan. Er packte sich die Baumkronen und schlug gegen die Stämme. Ein Jogger trabte an Sila vorbei. Seine Bronchien kämpften mit dem Ansturm der kalten Luft. Er schnaubte. Sila sah vor ihrem geistigen Auge Menschen die Strände entlangschreiten – in Ländern, in denen es noch warm war – die Meeresbuchten entlang, in weit entfernten Gefilden: in phantasievolle Muster gehüllt, großflächig, oder auch schlicht gewandet. Adidas- oder auch pumagestreift, auch in erdfarbene, graue oder schwarze Gabardine-Anzüge gehüllt, die auf elegante Art ihre grazilen Körper umspielten. Manche von ihnen waren Anwohner, die in Hotels oder Restaurants beschäftigt oder Geschäftsleute waren, und die vielleicht einen kurzen Umweg über den Strand nahmen, um in ihre Arbeit zu gelangen. Und sie vermeinte, wahrzunehmen, wie sich etwa im Rückenteil ihrer noblen Anzugjacken eine eingelegte aufspringende Falte befände oder ein Schlitz, die vom Winde geöffnet und während des Gehens und Dahineilens hin- und hergefächelt würden, sodass die Menschen in diesen Kleidungsstücken dahinzu-

fliegen, ja dahinzuschweben anmuteten, wie ein dahinglei-
tender Lufthauch neben dem Meer – so, als ob sie existierten
oder nicht.

Sila suchte ein Altstadtcafé auf. In dem hohen schmalen
rechteckig geschnittenem Spiegel der Lokalität konnte sie ihr
Gesicht betrachten. Auch ein Teil ihres Oberkörpers war zu
sehen. Der Spiegel war linkerhand an einer gegenüberliegenden Wand befestigt. Die war mit dunkelgrauem Plüsch bezo-
gen. Ein kristallin-schimmerndes geschliffenes Band in seiner Mitte schien ihn in zwei Hälften zu zerlegen, sodass sie,
Sila, sich darin doppelt sehen konnte: auch ihr Haar, das hinter und über ihrem Kopf leuchtete – wie von innen erstrahlt.
Diese Lichterscheinung bewirkte die Sonne. Sie saß mit dem
Rücken zu ihr am Fenster. Deren Leuchten schließlich war
es, das ihren Gesichtszügen eine irisierende Kraft verlieh. Als
wäre sie von einem geheimen mystischem Schein umgeben.

Der Boden des Lokals war mit marmorähnlichen Platten
ausgelegt, in die kleine erdfarbene Kieselsteine gelegt waren.
Er erstrahlte warm.

Leute unterhielten sich.
Manche hatten ein Frühstück bestellt. Manche lasen eine
Zeitung. Wieder andere waren in ein Buch vertieft. Sacht
tröpfelte die Zeit dahin.

Ein Mann, nahe der Eingangstüre, schloss kurz vor dem Auf-
bruch seine Jacke. Als er bei dem letzten Knopf angekommen
war, schien es, als würde er seinen Hosenbund öffnen, da er
mit der einen Hand auf ein Mal über denselben strich, sodass
diese Geste wie eine erotische Offensive anmutete. Dabei atmete er tief und senkte etwas sein Gesicht. Dieser Mann hät-

te ein Schauspieler sein können – gewissermaßen war er ein Akteur der Stunde.

Sila nahm sich ein paar Journale, blätterte ein wenig darin und verfolgte die aktuelle Show- und Modeszene. Sie holte sich noch ein Stück Kuchen dazu und einen zweiten Kaffee. Sie bemerkte, dass die Lampen an den Wänden in einer wie aus Pergamentpapier gefalteten tubenartigen Umhüllung steckten. Diese war von einem kreisförmigem Spiegel umgeben, was ihnen etwas Cineastisches verlieh. Bei derem Anblick dachte sie an Erlebnisse in ihrer Teenager-Zeit. Kinobesuche taten sich vor ihr auf: raschelnde Popcorn-Tüten und eine Eisverkäuferin mit einem Bauchladen, der an einem Gurt, um den Rücken geschlungen, an ihrem Körper befestigt war, und, wie sie, Sila und ihr Begleiter, ein sehr junger, äußerst neugieriger Mann, sich geküßt und berührt hatten – an diversen Stellen – und wie schließlich der grelle Schein der Taschenlampe im Dunkel des Lichtspieltheaters sie aprubt zum Abbruch ihrer Zärtlichkeiten aufgefordert und zur Vorsicht gemahnt hatte. In der dunklen Umhüllung eines Kinos: die ersten Erfahrungen von Körperlichkeit, Lust und Begehr – unter der vorgelebten Leidenschaft auf der Leinwand, auf dem dunkelroten samtenen Klappstuhl neben der intimen Nähe eines unbekannten männlichen Wesens.
Wie jung war man damals gewesen – wie jung – !
Und man konnte kaum erwarten, alle Facetten der Verliebtheit kennenzulernen und auszukosten.

Sila wusste noch um Erzählungen ihrer Mutter, die ihr einmal berichtet hatte, wie denn ihr Leben so abgelaufen war. Zunächst war da eine große Liebe zu dem von ihr gewählten Manne gewesen ... wenn auch, dann, in der Folge davon: ein stetes, permanentes Eingewickeltsein in Pflichten, tägliche Erbringungen. Und, wie jener die Zeit am Ende aus den

Händen gelaufen zu sein schien, und sie entdeckt hatte, wie unbekümmert sich viele im Gegensatz zu ihr auf den Straßen ausmachten, sich zu amüsieren schienen, während sie, doch oft von Sorgen überschattet und bedrückt sich fühlte – und wie sie ihr, Sila, ihrer Tochter, riet, ihr Leben erst einmal zu genießen, und sich nicht vorschnell zu binden. Andererseits – wie sie ihr gegenüber immer wieder betonte, hatte sie auch ein großes Glück in der Familie, die sie sich geschaffen hatte, gefunden. Doch allzu große Freiheiten gab es nicht mehr. Das Leben war eher in geordneten Bahnen verlaufen. ‚Und' …, so meinte sie, sie sei doch auch einmal ein Mädchen gewesen – wild und ungestüm, mit großen dunklen Augen und einem entschlossenem Blick – und das begehrt und verwöhnt wurde, eben nicht von wenigen. Aber die tiefe Liebe zu ihrem Mann und zu ihren Kindern, so schloss sie ihre Beichte und den Blick in ihre Seele ab, habe sie das alles ertragen lassen – auch den Abschied von der Jugend – auch ihn.

Oder war auch das eine Freiheit gewesen?
Nämlich die Freiheit des Geistes, sich für ein Leben in dieser Art zu entscheiden.

Mit diesen Gedanken erhob sich Sila, nahm ihre Tasche, stellte das Tablett zurück, und verließ das Café. Draußen waren die Leute in trübe Farben gekleidet, so, als hätte sie der Nebel in ein undurchsichtiges Grau gehüllt. Der Abschied des Herbstes: wie ein dahingefegtes Tuch, das jetzt düster auf dem Boden lag. Die beginnende Kälte warf alles in die Finsternis. Klamm waren die Hände … Der Mund ähnelte einem fortgeschenktem Herz: bläulich-schimmernd.

Die nächsten Tage fiel heftiger Schnee. In den Nächten darauf gab es sturzartige Regenfälle. Bald danach taute es jäh und es schien, als habe sich der Winter zurückgezogen. Der

Strom der Reisenden der vergangenen Sommermonate war erschöpft. Nur vereinzelt saßen die Menschen auf den Bänken im Wartesaal des Bahnhofs oder standen draußen auf dem Bahnsteig, holten sich einen Imbiss oder griffen nach einer Zigarette. Die großen langgestreckten Innenräume in dem hohen altem Gebäude und die Pflaster vor den Gleisanlagen in dessem Außenbereich wurden von einer gewissen Leere beherrscht, die höchstens noch kurz von dem leuchtenden Farbspiel herannahender Züge aufgelöst und unterbrochen wurde.

Der Fluss, zu dem ein zehn-minütiger Spaziergang führte, hatte jetzt einen hohen Pegelstand erreicht. Die Brückenpfeiler wirkten wie eingebettet in die aufgeplusterte Nässe. Die Autos auf den Straßen darumherum jagten weniger schnell dahin und das Aufheulen der Motorräder war verstummt. Die dämpfende Wirkung des herabfallenden Schnees und auch die übrigen Wetterkapriolen der letzten Tage hatten die Verkehrsdichte verringert.

‚Es ist alles schwierig‘, hatte Ceriso einmal gesagt: ‚Es ist sogar schwer, ins Schweigen zu kommen‘. Und er fügte ergänzend hinzu: ‚Es ist alles eine Frage des Mondes … das ganze Leben‘. Und er blickte von seinem Balkon aus auf dessen illuminierte blanke Scheibe wie auf ein geheimes Uhrwerk: ‚Der Mond, der Herr über Ebbe und Flut – der Beherrscher der Erde.‘ Trotz ihrer beider Entschlossenheit zu der ins Auge gefassten und anvisierten Trennung, fragte sich Sila nun des Öfteren, beinahe mit einer an ein gehöriges Staunen grenzender Verwunderung, die bald schon an ein unglaubwürdiges und unzumutbares Unterfangen gemahnte: ‚Was treiben wir denn da, Ceriso und ich? Wir geben uns an das frühere Leben zurück.‘

Eine Katze sprang heran.

Da war ein kurzes flüchtiges Aufblitzen ihrer Augen: in edlem Smaragdgrün.

Sie schüttelte ihren von Nässe und Schnee getränkten Körper, ehe sie zurückglitt in den Moment, aus dem sie gekommen war.

Der Schnee lag jetzt zackig da und zerrissen, als habe ein Hund in sein weißes Fell gebissen. Der Wind und die Wärme, die ihn schmelzen ließ, hatten Löcher hineingerissen, seine unberührte Oberfläche zerstört. Wo waren die wilde Musik und die Blütenkränze im Haar? Wann wollten sie wieder nach San Francisco?

———

Auf der Steinernen Brücke küßte ihr Freund und Geliebter, Ceriso, Sila zum letzten Mal.

Neben einer Laterne, die erloschen war.

Es war Tag.

Und es herrschte Schneegestöber.

Ja, und so wild flogen die Flocken durcheinander, dass sie beinahe ihre beiden Gesichter verdeckten. Und auf ihren Wangen brannten die kalten Eiskristalle, von denen man wusste, dass kein Gebilde dem anderen glich. Die Szene erinnerte an ein Gedicht eines Don Juan, der an einem Vormittag kam, von Sarah Kirsch.

Und Cerisos Kuss war so heftig, dass ihre beiden Körper ins Wanken gerieten, ja, dass Sila das Gefühl hatte, der seine könnte nach hinten fallen, sodass sie ihn festzuhalten versuchte.

Und der Hut, den er an diesem Tage trug – der wurde vom Wind ergriffen.

Doch auch ihn behielten beide im Blick und im Griff.
Eine gedankliche Assoziation tat sich auf ein Mal in ihr auf:
goldfarbene Margariten ... aber auch der provenzialisch-her-
be Geruch frischer Lavendelfelder – und wie sie einmal auf
einer Wiese
im hohen Gras
gelegen
hatten ... und er ausgerufen hatte: ‚Immortabibilé est la
mia nostalgia per te!'

Und, ehe er ging, und ehe sie ihm nachsah, wie seine Gestalt
am Ende der Brücke im Nebel verschwand, nahm er noch
ein Mal ihr Gesicht in seine Hände, und küßte es ganz zart
und abgehoben auf die Stirne – mit einem sehnsuchtsvollem
Hauch – wie ein Engel, der vom Himmel gefallen war ...

Und, während dieser seraphinen Abschiedsszene zeigte sich
plötzlich eine Erscheinung am Himmel. War es ein Flugzeug,
das in spontaner, kurz auftauchender Manier, aus einer brü-
chigen Wolke des Himmels – die sich über ihnen aufgetan
hatte – gekommen war, um darin ebenso schnell wieder zu
verschwinden? Oder war es ein Phänomen gewesen ... eine
Fata Morgana?

Sila suchte Cerisos Pupillen, die dunkel im weißen Schneefall
leuchteten, nach einer Erklärung ab – fand darin während
des gesamten Vorganges nur das Flackern eines Lichtstrahls,
ein kurzes Aufblitzen, eine geheime Magie ...

Das Kleid

Sie aß rote Linsen mit Kokosmilch, als sie nachhause kam. Dann lief sie zu ihrem Schrank im Schlafzimmer und nahm das schwarze Kleid heraus – mit dem tiefen Rückenausschnitt, in dem noch der Geruch des Geliebten und der Pulsschlag des Sommers hingen … Das streichelte sie behutsam und mit einem Lächeln auf den Lippen. Das Kleid mit dem schwarzen wabenartig-genähtem Stoff – den forderte sie heraus und ließ ihn durch die Finger gleiten.

Das wartete mit ihr auf einen neuen Sommer.

Autorenvita:

Angelika Seitz, geboren in Regensburg.
- Kulturförderpreis der Stadt Regensburg
- 2. Platz beim Ossi-Sölderer-Preis München

Veröffentlichungen:

Romane
- Gero oder Der leichte Sommer

- Am Hafen von Sousse

Prosa / Lyrik
- Regensburg - Impressionen einer Stadt,
  Maler: Peter Löffler

- Nebelkinder

- Die im Flug

- Tanzender Sommer

- Es grüßt wieder Herbst